KB021242

일론 머스크

움직이는 과거와 현재와
서재 미래를 연결시키는
지식 창고

책과 함께 있다면 그곳이 어디이든 서재입니다.
집에서든, 지하철에서든, 카페에서든 좋은 책 한 권이 있다면 독자는 자신만의 서재를 꾸려서
지식의 탐험을 떠날 수 있습니다. 좋은 책에는 시대와 세대를 초월해 지식과 감동을 대물림하
고, 다양한 연령들의 소통을 가능케 하는 힘이 있습니다. 움직이는 서재는 공간의 한계, 시간의
장벽을 넘어선 독서 탐험의 동반자가 되겠습니다.

일러두기
본문에서 책 제목은 『』, 논문이나 보고서는 「」, 잡지나 일간지 등은 〈 〉로 구분하였습니다.
움직이는 서재는 북스토리의 청소년 브랜드입니다.

일론 머스크

크리스 맥냅 지음 | 최영민 옮김

움직이는
서재

인류의 미래를 위해서 상상한 대로 이루고 세상을 바꾸려고 노력해야 합니다

2021년 〈타임〉지는 일론 머스크를 '올해의 인물'로 선정했습니다. 이는 이 잡지의 편집자와 대표가 무턱대고 내린 결정이 아니었습니다. 그들은 이 소식이 전해지면 언론과 여론이 사방에서 날카로운 찬반 의견을 낼 것이라는 사실을 인지하고 있었습니다. 그래서 잡지사 사람들은 그들의 선택이 옳았다는 점을 글로써 분명히 밝혔으며 일부 사람들이 머스크의 성격에 호감을 갖지 않을 것이라는 점 또한 인정했습니다.

머스크가 달성한 업적은 전 세계의 그 누구도 무시할 수 없는 수준입니다. 머스크는 말 그대로 인류 기술의 미래를 이 행성의 안팎에서 재구성했습니다.

'머스크는 돈 많은 테크업계의 청년이나 우주에 관심이 많은 바람둥이로 분류되어 돈으로 점수를 기록하고 로켓이 궁극적인 장난감인 오만한 슈퍼 악당으로 그려지는 경우가 많다. 하지만 머스크는 그런 인물이 아니다. 그는 바이트byte, 컴퓨터에서 정보를 표현하는 단위_옮긴이가 아닌 쇠를 움직이는 제조업계의 거물이다.'

이를 증명하기 위해 〈타임〉지는 머스크가 기업가 정신과 공학 기술 부문에서 이룩한 놀라운 성과 몇 가지를 나열했습니다. 그가 이룩한 혁신과 사업은 온라인 뱅킹과 금융 거래, 우주여행, 여러 행성을 오가는 다중 행성 인류 사회 출현의 가능성, 청정에너지, 전기 자동차, 태양열 발전, 에너지 저장, 수송 관리, 터널 건설, 인공 지능, 운송 수단과 그 이상에 대한 현대 인류의 서사를 바꾸었습니다. 이와 동시에 그의 얼굴과 페르소나persona, 공적인 공간에서 드러나는 이미지 또는 성격_옮긴이는 여느 대중문화계의 A급 영화배우만큼이나 익

숙해졌지요. 사적이고 공적인 머스크의 모든 일상 움직임
은 미디어에서 해부되어 토론의 주제는 물론이고 해석까
지 됩니다. 이로 인해 균형 잡힌 분석과 통찰이라는 최고
의 모습도 드러나지만, 동시에 냉혹한 판단과 소셜 미디어
에서의 무자비한 공격도 일어납니다. 〈타임〉지는 '아스퍼
거 증후군 상대방의 정서 이해와 사회 교류가 어려운 증상-옮긴이이 있는 이 수줍은
남아프리카인은 잔혹한 유년기에서 벗어나 개인적인 비극
을 극복했으며, 이제 그가 지닌 야망의 힘으로 정부와 기
업을 움직인다.'라고 서술합니다.

일론 머스크의 전기를 쓸 때 가장 힘들었던 점 중 하나
가 허구에서 사실을 분리하는 일이었습니다. 마스크에 대
해 쏟아져 나오는 압도적인 양의 정보는 명백한 결론을 내
는 데 도움을 주기보다 방해가 됩니다. 또한, 어떤 인물에
대해 순전히 그의 외적인 업적만을 기반으로 사실일 수밖
에 없겠다고 생각되는 직관적인 느낌과, 그 사람이 실제로
세상을 어떻게 바라보고 어떤 방법으로 그 목표를 추구해

왔는지 구분하는 일도 매우 중요합니다.

　아마도 일론 머스크에 대한 일반 대중의 인식을 측정하는 가장 좋은 지표는 머스크가 살아온 삶의 뼈대가 정리돼 있는 플랫폼인 위키피디아 페이지일 것입니다. 이 페이지의 첫 세 문단은 머스크와 관련이 깊은 기업과 사업적 모험(Zip2, 엑스닷컴X.com, 페이팔PayPal, 스페이스 엑스SpaceX, 테슬라Tesla, 보링 컴퍼니The Boring Company, 뉴럴링크Neuralink, 오픈에이아이OpenAI)을 나열하며 그가 '기업가이자 사업계의 거물'인 이유를 설명합니다. 또한, 미국 증권 거래 위원회SEC의 조사부터 코로나19에 대한 잘못된 정보를 퍼뜨렸다는 주장까지 머스크를 둘러싼 다양한 논쟁을 다루는 데 한 문단을 통째로 할애하지요. 역사상 머스크만큼 재산을 모은 기업가가 거의 없다는 사실도 다음과 같이 인용되었습니다.

　'2022년 3월까지 축적한 순자산이 약 2,210억 달러라고 추정되는 머스크는 블룸버그 억만장자 인덱스와 포브스 실시간 억만장자 목록 모두를 기준으로 세계에서 가장 부유한 사람이다.'

머스크가 살아온 인생의 중요 항목만 가지고는 이 사람을 이해하는 데 한계가 있습니다. 머스크의 이야기를 더 자세히 들여다보고 분석할수록 그가 매우 복잡한 개인이라는 사실을 알게 될 테니까요. 특출한 사고 능력을 지닌 인물로서 자신이 떠올린 생각과 결론을 실생활 문제에 적용할 능력을 지닌 사람이라는 사실도 분명해질 것입니다.

일론 머스크는 대부분 사람과 비슷하지 않습니다. 하지만 나머지 사람과 완전히 다른 행성에 사는 것도 아니지요. 나는 머스크가 똑똑한 두뇌의 힘과 무서울 정도로 열심히 일할 수 있는 능력을 지닌, 생각과 실행 사이에 놓인 벽을 무너뜨리는 사람이라고 생각합니다. 이런 측면에서 우리는 머스크에게 배울 점이 많습니다.

차례 🐦

PART 4
미래는 상상하고
만들어 가는 것이다

PART 1

남아프리카 공화국에서 미국까지

인류의 미래를 위한
비전과 계획을 세우고 싶었어

ELON MUSK

부모님이 물려준 선물

아메리칸드림의 대표 사례로 끊임없이
언급되는 일론 머스크는 1971년 6월 28일 남아프리카 공
화국의 도시 프레토리아에서 태어났다. 당시 남아프리카
공화국은 극단적인 빈민가 바로 옆에 부동산과 상업으로
쌓은 부가 높게 치솟아 있었다. 또한, 대내외적으로 흑인
과 백인 사이에 엄격한 차별을 두는 아파르트헤이트 정치

의 틀에 갇혀 있었다. 남아프리카 공화국은 억척스럽게 생활하고 빠르게 회복하지 못하면 살아남을 수 없는 땅이자 환경, 문화를 가진 곳이었다. 머스크의 부모도 이 규칙을 따라야 했다.

일론 머스크의 어머니 메이 머스크^{Maye Musk}는 머스크 집안에서 뛰어난 매력을 지닌 인물 중 한 명이다. '매력적이다'는 그녀의 외면과 내면 모두를 묘사할 수 있는 단어다. 한결같이 빛나는 미모 덕분에 유명 잡지에 실릴 기회를 얻으며 10대 이후 오늘날까지 현역 모델로 활동하고 있다(이를테면, 69살에 〈커버걸〉의 모델이 됐다). 성공한 영양 전문가이자 사업가이기도 하다.

아들과 마찬가지로 메이의 삶으로도 두꺼운 책을 쓸 수 있다(실제로 2019년에 『여자는 계획을 세운다: 인생의 모험, 아름다움, 성공에 관하여』라는 제목으로 회고록을 출간했다). 이는 무엇보다 타고난 그녀의 여유롭고 외향적인 성격 때문일 것이다. 메이는 캐나다 서스캐처원주의 리자이나에서 태어났지만, 그녀의 가족은 메이가 태어난 지 2년 만에 남아프리카 공화국으로 이민을 떠났다. 메이의 부모는 모험 소설의 등장인물처럼 특이했다. 아버지 조슈아 노먼 할데만Joshua Norman Haldeman 박사는 저명한 척추 통증 전문가로 성공했지만, 그의 직업적 성과는 댄스 강사였던 아내 위니프레드 '윈' 조세핀 플레처Winnifred 'Wyn' Josephine Fletcher와 떠난 모험 가득한 인생의 보조 역할을 했을 뿐이다. 캐나다의 야외 환경에서 자라난 조슈아는 위험에 맞설 용기, 투지, 모험 정신을 기를 수 있었다.

조슈아는 취미로 복싱, 레슬링, 카우보이처럼 말타기와 줄 돌리기를 즐겼다. 비행기 조종에 재미를 붙이면서 개인 비행기 조종사 자격을 취득한 뒤 그에 걸맞게 경비행기도 한 대 장만했다. 1950년 남아프리카 공화국으로 떠난 이민은 자신이 캐나다의 정치적이고 윤리적인 한계라고 판단한 것을 거부하고,[1] 넓고 알록달록한 이국 땅이 주는 불확실성을 받아들이면서 내린 다소 충동적인 결정이었다. 아이들이 다섯 명 있다는 사실은 (메이는 그 다섯 명 중 한 명이었다) 문제가 되지 않았다. 조슈아는 아이들이 필요한

---

[1] 애슐리 반스의 저서, 『일론 머스크(2015)』, 34쪽

 Elon Musk @elon Musk

17시간 전

2012년 뉴욕에서 열린 파티에서 일론 머스크와 메이 머스크가 함께 찍은 사진. 메이가 보여 준 아이들을 향한 헌신과 자신감 넘치는 기업가 정신은 일론의 성격과 자기 신념이 형성되는 데 큰 영향을 줬다.

자유와 기질을 갖추고 있다면 충분히 자기 자신을 돌볼 수 있다고 생각했다.

남아프리카 공화국에서 조슈아와 윈은 진정한 모험과 맞닥뜨리게 되었고, 그 모험 이야기는 때로 신문에 실렸다. 예를 들어 1952년에 이 부부는 단일 엔진 경비행기를 타고 아프리카에서 출발해 노르웨이와 스코틀랜드까지 갔다가 돌아오는 35,400km 거리의 아슬아슬한 여정을 마쳤다. 그다음 해에 조슈아는 아내와 아들 스콧을 비행기에 태우고 또 한 번의 여행을 떠난다. 이번에는 중앙아프리카를 가로질러 12,900km를 탐험하는 여정이었다. 1954년에는 낡은 비행기를 타고 아프리카 동부 해안을 따라 올라간 다음 아시아를 지나 오스트레일리아 해안까지 날아갔다가 되돌아오며 53,000km라는 놀라운 비행 기록을 세우면서 국제적인 명성을 얻었다.

1950년에서 1970년 사이에 조슈아 할데만은 전 세계 총 80개 국가와 영토를 가로질러 비행했다. 항공기 소유주 및 조종사 협회AOPA의 회장 겸 공동 창립자를 맡고 남아프리카 항공 운항 규제 위원회에서 5년간 활동하는 등 남아프리카의 비행 단체에서 중요한 자리를 차지했다. 조슈아와 윈은 노련한 사격 선수이기도 했다. 둘은 국내 사격 경기에서 상을 타고 국내 사격 단체와 협회의 주요 인물이 됐다.

이 정도 이력으론 부족하다는 듯이 할데만 부부는 헌신적인 아마추어 탐험가이자 고고학자로 활약하기도 했다. 어린 시절 메이가 아프리카 대륙의 외진 지역으로 부모를 따라간 적도 있다. 조슈아는 전설로 전해지는 칼라하리의 잃어버린 도시를 찾는 데 특히 관심을 가졌다. 1953년부터 총 12번에 걸쳐 땅과 하늘을 가로지르는 모험을 하는 동안 다양한 아프리카 부족과 야생 생물을 만났다. 조슈아의 모험은 비극적이지만 어떤 측면에서는 알맞은 방식으로 막을 내렸다. 1974년 그는 비행기 사고로 사망했다.

메이는 부모의 거침없고 두려움 없는 야망을 물려받았고 아이들에게 그녀의 의연한 정신이 전해졌을 것이다.

일론의 유전자에는 당연히 또 다른 반쪽이 있다. 프레토리아 시민이었던 일론의 아버지 에롤 머스크Errol Musk는 10대 시절 아름다운 메이를 열렬히 쫓아 다녔다. 둘은 간간이 연애하다가 메이가 에롤의 끈질긴 청혼을 받아들인 뒤 1970년에 결혼식을 올렸다.[2] 에롤의 부모, 남아프리카 공화국 사람인 헨리 제임스^{Henry James}와 영국 출신의 코라 아밀리아 머스크^{Cora Amelia Musk}는 똑똑한 사람들이었다. 일론은 특히 할머니 코라를 '내나^{Nana}'라고 부르며 가깝게 지냈다.

에롤은 기계 및 전기 엔지니어이자 건축 프로젝트와 부동산 관리자로서 성공적인 경력을 쌓아 온 현실적인 남자였다. 먼 훗날 어느 대중 매체에서 에롤 머스크가 남아프리카에 있는 에메랄드 광산을 소유하고 있다는 이야기가 떠돌았다. 이 소문은 일론과 그의 남동생 킴벌이 금융 이익을 선점하기 위해 미국에서 이 보석의 일부를 팔았다는 주장이 나올 정도로 어지럽게 퍼져 나갔다. 2019년 일론은 직접 나서서 이것이 완전히 터무니없는 소리라고 세상에 알렸다. 12월 28일 트위터에 그는 이렇게 올렸다.

'아버지는 에메랄드 광산을 가지고 있지 않고 나는 거의 10만 달러에 달하는 학자금 대출을 받으면서 내 힘으로 대학을 졸업했다. Zip2에서는 PC 한 대를 추가로 마련할 돈이

---

2) 애슐리 반스의 저서, 『일론 머스크(2015)』, 37쪽

없어서 밤에 프로그래밍을 하고 낮에만 웹사이트를 운영했다. 이 말도 안 되는 소리는 도대체 어디에서 나온 걸까?'

메이와 에롤은, 최소한 초기에는 어린 일론에게 안정적이고 경제적으로 편안한 삶을 제공했다. 1972년 일론의 남동생 킴벌Kimbal이 태어나고 1974년 여동생 토스카Tosca가 태어나면서 가족 구성원이 늘어났다. 동생들은 일론이 자라나 세상에 나가기까지 중요한 존재였다. 그중에서도 특히 다양한 지역으로 여행과 사업적 모험을 함께 떠났던 남동생 킴벌은 일론에게 큰 영향을 미쳤다.

독서는 나의 힘이야

어린 머스크는 평균을 뛰어넘는 지능과 배움에 대한 끊임없는 열망을 지닌 아이였다. 그는 열정적인 독서가였고 지금도 여전히 책을 열심히 읽는다. 톨킨의 『반지의 제왕』부터 『브리태니커 백과사전』까지 완독하며 문학과 비문학을 모두 집어삼킬 듯이 읽었다. 주변 사람들은 일론이 전문적인 내용까지 쉽게 기억하는 특별한 기억력을 지니고 있다는 사실을 금세 알아챘다. 머스크는 이렇게 어려운 정보를 빠르고 정확하게 기억해 내는 능력을 파티에서 사람들을 즐겁게 해 주는 용도로 사용하기도 했다. 이 능력은 머스크가 미래에 하게 될 시도에 큰 도움이 됐다. 인생을 통틀어 머스크는 놀라울 정도로 뛰어난 독학 능력을 선보였다. 책과 자원을 받으면 외부의 도움 없이 빠르게 내용을 빨아들였다.

메이 머스크는 첫째 아들에게 남들과 다른 특별함이 있다는 사실을 머스크가 10살이 되기 전부터 알아본 듯하다. 한 인터뷰에서 "언제 이 아이가 남들과 다를지도 모른다는 생각을 했나요?"라는 질문에 메이는 "3살 때부터요. 저한테 설명을 너무 잘했거든요. 저는 일론이 그런 걸 어떻게 알아냈는지 도무지 알 수가 없었어요." 하고 답했다.

어린아이의 특출난 지능은 의욕을 꺾어야 할 대상이 아니지만, 그로 인해 몇 가지 문제가 생겨날 수 있다. 어린 머스크는 비슷비슷한 아이들이 모인 바다 위에 떠 있는 외딴 섬 같았다. 다른 학생들은 그의 정신이 먼 곳에 떨어져 있다고 생각했다. 상상과 아이디어에 푹 빠지면서 일론은 또래 아이들 사이에서 소외되곤 했다. 일론은 자신이 주변 사람과 어떻게 다른지 스스로 의식하고 있었다. 팟캐스트 진행자인 조 로건Joe Rogan과 한 인터뷰에서 머스크는 이렇게 회상했다.

"5살인가 6살쯤이었을 때 제가 미쳤다고 생각했어요."

로건은 왜 그렇게 생각했냐고 물었다.

"왜냐하면, 다른 사람은…… 다른 사람의 머릿속에서는 늘 아이디어가 폭발하지 않았기 때문이죠. 그냥 이상했어요. 흠, 난 이상하구나. 이렇게 생각했어요."

머스크는 자신의 별난 특성을 다른 사람에게 드러나지 않게 숨겨야 한다고 느꼈다.

"제가 다르다는 걸 사람들이 몰랐으면 했어요. 그걸 알면 저를 멀리 보내거나 할 수도 있으니까요."

하지만 그와 동시에 머스크의 멈출 줄 모르는 정신에는 엄청난 에너지와 가능성이 들어 있었다. 머스크는 자신의 정신 상태를 로건한테 설명하면서 다음과 같이 말했다.

"마치 끝없는 폭발이 일어나는 것 같아요."

아메리칸드림을 찾아
미국으로 가려 해

ELON MUSK

부모님의 이혼과
비디오 게임 블래스타

머지않아 어린 일론은 더 큰 문제를 마주하게 된다. 1979년 그의 부모가 이혼한다. 이로써 조각난 머스크 가족 구성원에게 격동의 시기가 시작됐다. 부모가 이별한 직후 킴벌, 토스카와 마찬가지로 일론은 어머니와 함께 살러 간다. 하지만 약 1년 뒤 그는 아버지와 함께 살겠다는 결정을 내린다. 얼마 지나지 않아 킴벌도 일론의 결정을 따른다. 머스크는 메이가 아이 셋과 같이 사는 반면 에롤의 집에 아무도 살지 않는 현실에 대해 '불공평해 보였다'라고 말했다.[3] 하지만 일론과 킴벌이 아버지와 함께 살았던 시간은 행복하지 않은 듯하다. 에롤은 우울하고 신경이 날카롭고 엄격했으며 자라나는 두 아들과 극심한 갈등을 빚었다고 한다(일론이 미국에 가서 살겠다는 목표를 알리자 에롤은 미국에 가면 어떤 삶을 살게 될 것인지 본보기를 보여 주겠다는 의도로 오랫동안 일해 온 가사 도우미들을 내보내고 일론에게 집안일을 시켰다).

한편, 긍정적인 측면도 있었다. 에롤은 부유한 아버지였고, 그 덕분에 두 아이는 해외여행을 자주 다니고 책장에 꽂힌 수많은 책 등 학습 도구가 충분히 갖춰진 환경에서 지낼 수 있었다. 또한, 에롤이 살아간 공학과 가까운 삶은 아이들에게 많은 영향을 끼쳤다. 일론과 킴벌은 아버지를 따라 건축 현장에 가서 목공, 배관, 벽돌 공사, 전기 장치

---

3) 애슐리 반스의 저서, 『일론 머스크(2015)』, 42쪽

의 기본 등 실무에 필요한 다양한 기술을 배웠다. 이때 배운 기술이 일론과 킴벌의 직업으로 발전하지는 않았지만, 현실 세계에서 문제를 해결하는 데 중요한 교훈이 되어 주었다. 오늘날까지도 머스크는 이론과 물리적 실행 사이에 놓인 벽을 허무는 등 공학 기술에 대한 실질적인 이해를 갖추고 있다. 다소 엉뚱한 짓이기는 했지만, 일론은 집에서 만든 불꽃 장치로 실험을 하기도 했다. 혼자 공부한 화학 반응을 활용해서 즉석에서 여러 가지 시도를 하며 엄청나게 놀라운 효과를 내는 추진체와 폭발물을 만들었다. 확실히 어릴 적부터 일론은 현실에서 무엇인가를 만들어 내기 좋아하는 사람이었다.

2015년 에롤 머스크는 〈포브스 아프리카〉와 인터뷰를 하면서 두 아들이 걸어온 길과 그들이 지닌 능력에 대한 생각을 전했다. 그는 일론이 파티에 가서 파티 주최자의 책장을 살펴보는 데 더 많은 시간을 보낼 법한 '내향적인 사상가'라고 설명했다. 두 아들 중 사회성이 뛰어난 아이는 킴벌이라고 이야기하며 일론은 아이디어와 가능성에 대한 강렬한 지적 호기심에 자극받아 움직이는 것 같다고 말했다.

일론의 유년기는 개인 컴퓨터 시대가 밝아 오던 시기와 잘 맞아떨어졌다. 1940년대와 1950년대에 발명된 이후 정부와 기업에 한정된 영역이었던 디지털 컴퓨터는 1980년대부터 일반인이 구매할 수 있는 수준으로 가격이 내려가면서 대중에 널리 유통됐다. 에롤 머스크의 인터뷰 내용에 따르면 일론은 11살밖에 되지 않았을 때 컴퓨터의 확산에 자극을 받아 관심이 생겼고 아버지에게 컴퓨터 학습 코스에 참여해 볼 기회가 있는지 물었다. 에롤은 요하네스버그에 있는 위트와테르스란트 대학University of the Witwatersrand in Johannesburg에서 주최하는 국제 컴퓨터 행사에 대해 알고 있었다. 하지만 이 행사는 어린이의 출입을 금지했다. 일론이 고집을 부리자 에롤은 결국 3시간짜리 개회 강연에 아들이 앉을 자리를 예약했다. 일론은 강연이 진행되는 동안 예의를 갖춰 정장을 입고 셔츠에 넥타이를 맨 채 강연장 한쪽에 조용히 앉아 있기로 했다. 어느 순간 에롤이 킴벌과 함께 음식을 가지러 자리를 비웠다가 돌아왔더니 강연은 끝났고 일론은 자리에 없었다. 그들은 일론을 찾으러 가기 전에 주변을 서성거리며 기다렸는데, 결국 영국에서 온 전문가들과 깊은 대화를 나누고 있는 일론을 찾았다고 에롤은 말한다. 에롤이 대화에 푹 빠져 있는 무리로 다가가자 교수 한 명이 일론을 향해 이렇게 말했다.

"이 아이가 여기 있는 컴퓨터 한 대를 꼭 가질 수 있게 해 주어야 합니다."[4]

도움이 되는 조언이었다. 컴퓨터는 세상과 일론의 관계에 혁명을 일으켰다. 당시의 제한된 기술 안에서도 프로그래밍이 가능한 컴퓨터들은 발명품에 대한 전망을 한계 없이 넓혔다. 이러한 특징은 일론과 조화를 이루었다. 일론의 첫 컴퓨터는 100만 대 판매 기록을 달성한 최초의 컴퓨터로 명예의 전당에 이름을 올린 코모도어Commodore VIC-20다. 이 컴퓨터의 메모리 용량은 5킬로바이트로, 지금의 기기와 비교하면 웃음이 나올 정도로 제한된 성능을 가지고 있었지만 일론은 강한 충동을 느끼며 컴퓨터가 지닌 가능성 속으로 뛰어들었다. 일론은 컴퓨터와 함께 받은 베이식BASIC 프로그래밍 언어 코스를 전부 익혔다. 원래 수개월이

4) 제이 카보즈의 인터뷰 내용(2015)

걸리지만 일론은 밤새워서 공부한 끝에 사흘 만에 코스를 마쳤다. 머스크는 아버지가 컴퓨터를 '진정한 공학'에 쓰이는 기계가 아니라고 여기면서 상당히 무시했다는 기억을 떠올렸다.[5]

일론은 2017년 〈롤링 스톤〉 잡지의 닐 스트라우스Neil Strauss와 한 인터뷰에서 이렇게 말했다.

"아버지는 정말 끔찍한 사람이었어요. 상상도 못 하실 겁니다. [중략] 저희 아버지는 악마의 계획을 꼼꼼하게 생각해 낼 거예요. 아버지는 악마 같은 계획을 세울 거고요."

머스크는 컴퓨터의 언어, 회로, 산출물이 지닌 논리성에 편안함을 느끼며 컴퓨터에 흠뻑 빠졌다. 1984년 머스크는 코드 169줄만으로 작동하는 '블래스타Blastar'라는 공상 과학 게임을 개발했다. 1980년대에는 컴퓨터를 일찍 받아들인 사용자들이 오랜 시간 동안 컴퓨터에 프로그램 명령어를 한 줄씩 일일이 입력하는 노동을 통해 컴퓨터 화면 속에서 할 수 있는 게임을 만들었다. 남아프리카 공화국에서 발행

---

5) 애슐리 반스의 저서, 『일론 머스크(2015)』, 45쪽

된 〈PC와 사무실 기술〉은 블래스타의 효율과 재미에 크게 감명받아 게임의 소스 코드source code, 컴퓨터 프로그램 실행에 필요한 정보를 전부 담고 있는 코드_옮긴이를 공개했고 머스크는 이에 대한 보상으로 500달러를 받았다. 블래스타는 지금도 웹 인터페이스에서 바로 실행할 수 있다. '스페이스 인베이더Space Invader'게임 시나리오가 연상되는 블래스타의 첫 화면에는 매우 간략한 지시 사항이 적혀 있다.

'임무: 치명적인 수소 폭탄과 스테이터스 광선 기계status beam machine, 외계인이 이 광선을 쏘면 우주선을 움직일 수 없다_옮긴이를 실은 외계 화물 수송기를 파괴하라. 조이스틱을 사용하여 움직이고 총을 쏠 때는 발사 버튼을 눌러라.'

지금까지도 이 게임은 정말 재미 있고 도전이 될 만큼 어렵다(저자가 이 게임을 직접 해 보고 느낀 점이다).

친구들에게 받은 괴롭힘을
컴퓨터로 풀다

10대 시절과 그 이후에도 머스크는 컴퓨터에 계속 열정을 보였지만 이 청년이 세상을 등지고 사는 괴짜였다고 는 할 수 없다. 사실 이 시기에 일론과 킴벌은 다채로운 인 생 경험을 했다. 특히 그들에게는 어른의 감독이 거의 없 는 상태로 가벼운 모험을 해 볼 자유가 있었다. 당시 남아 프리카 공화국은 극심한 가난에 시달렸고 인종 차별 정치 에 의해 분열됐으며 전 세계에서 가장 높은 수준의 폭력으 로 고통받는 등 거친 구석이 많은 국가였다. 일론이 자라 나는 동안 이러한 폭력 수위는 아찔하게 증가했다. 하지만 형제는 프레토리아와 요하네스버그를 오가는 (1990년대가 됐을 때 많은 언론에서 요하네스버그를 '세계에서 가장 위험한 지역'이라고 묘사했다) 기차를 타고 여행을 떠났다. 둘은 여 행 중에 위험을 피하려고 기지를 발휘하고 경계심을 곤두 세워야 했다.

고등학교에 다녔던 3~4년 동안 일론은 정신적인 괴롭힘 과 신체적인 괴롭힘을 당하며 자의식에 고통을 느꼈다. 머 스크가 무의식적으로 드러낸 독특한 모습은 평범하지 않 은 사람을 잘 견디지 못하는 아이들의 눈에 공격해야 할 표적처럼 보였다. 일부 괴롭힘은 폭력적이기도 했다. 머스크가 브라이언스톤 고등학교에 다니던 때였다. 어느 날 어떤 남학생이 콘크리트 계단 꼭대기에 앉아 있는 머스크의 뒤로 몰래 다가가 뒤통수를 발로 차고 계단 꼭대기에서 바닥까지 굴러떨어지게 밀었다(어린 시절 머스크는 학교를 6군데나 옮겨 다녔다. 그는 이런 상황 때문에 '친구를 만들기가 어려웠다'라고 인정했다). 이 잔혹한 발단을 머스크 위로 달려들라는 신호로 받아들인 다른 남자아이들은 머스크를 가차 없이 발로 차고 때렸다. 땅바닥에 머스크의 머리가 계속 부딪쳤다. 킴벌은 형이 죽을까 봐 무서웠다. 이때 맞은 상처로 머스크는 입원해야 했으므로 학교를 일주일 동안 결석했고 이후 코를 복원하는 수술도 해야 했다. 이 시기에 불량배 여럿이 일론의 친구 한 명을 때려서 머스크와 어울리지 못하게 했던 사건도 있었다.

 머스크의 삶은 프레토리아 남자 고등학교에 들어가고 나서부터 안정을 찾았고 폭력적인 괴롭힘도 잦아들었다. 이곳에서 머스크는 학문적으로 특출난 성적은 받지 못했지만, 똑똑하고 열정적인 학생이었다. 10대 시절에 나타나는 온갖 요소의 방해에도 컴퓨터를 향한 머스크의 마음에는 변함이 없었다. 그는 베이식Basic, 코볼Cobol, 파스칼Pascal 같은 언어를 배우는 컴퓨터 코딩 프로그램 전문 특별 학교에 선발되었다.

머스크가 어른이 되어 가면서 컴퓨터에 대한 그의 열정은 또 하나의 동기와 결합했다. 바로 미국으로 떠나고 싶다는 열망이었다.

머스크는 2014년 중국에서 한 인터뷰에서 이 2가지 정신적 끌림이 어떻게 상호 작용했는지 설명했다.

제가 어렸을 적부터 거대한 계획을 구상하고 있었던 건 아닙니다. 컴퓨터 프로그래밍을 시작한 이유는 게임을 좋아했고 컴퓨터 게임을 많이 했기 때문이기도 했어요. 그리고 제가 만든 소프트웨어를 판매하면 큰돈을 벌어서 더 좋은 컴퓨터를 살 수 있다는 사실을 알게 됐기 때문이었죠. 그러니까 무슨 위대한 선구자다운 그런 생각이 있었던 건 아니었어요. 하지만 저는 책을 많이 읽으면서 자랐어요. 책의 배경은 미국인 경우가 많았고 여러 가지 새로운 기술이 미국에서 개발되고 있는 것 같았죠. 그래서 전 이렇게 생각했습니다. '그래, 난 새로운 기술을 연구하고 싶으니까 실리콘 밸리에 가야겠어.' 제가 자랄 때는 실리콘 밸리가 올림포스산 같은 신화적인 장소로 보였거든요.

　이국에 매력을 느끼고 낯선 땅으로 떠나는 여행을 동경하는 젊은이는 많다. 하지만 그런 충동이 특정 산업으로 연결되거나, 적어도 공연 예술을 벗어난 산업과 가깝게 묶이는 경우는 드물다. 게다가 그런 동경을, 특히 17살밖에 되지 않은 젊은 남자가 실제 행동으로 옮기는 경우는 흔하지 않다. 하지만 머스크는 이 여정을 어린 나이에 시작했다.

　남아프리카 공화국을 떠나고 싶었던 머스크에게 캐나다는 북미에서의 삶을 시작하기에 좋은 장소였다. 특히 근래에 변화된 이민 법규 덕분에 어머니의 캐나다 시민권을 아이들도 받을 수 있었다. 해외로 나가면 남아프리카 공화국의 강제 군 복무를 피할 수 있다는 사실도 머스크의 이민을 부추겼다.

　머스크는 이민에 필요한 긴 서류 작업을 시작했다. 그중 5달 동안에는 프레토리아 대학에서 컴퓨터 공학 학위 공부를 했다. 드디어 모든 서류가 서명 및 통과되었고 일론 머스크는 지구의 절반을 가로질러 날아가 새로운 모험을 시작했다.

캐나다로 홀로 떠나다

모험심 강한 조상들의 선례로 봤을 때 일론 머스크가 캐나다로 홀로 이민을 떠난 일은 그다지 놀랍지 않다. 그가 가장 먼저 들른 곳은 캐나다 동부에 있는 몬트리올이었다. 원래 머스크는 이곳에서 삼촌과 함께 지낼 계획이었다. 하지만 이메일이 생기기 전 시대에는 소식이 늦게 전달됐기 때문에 몬트리올에 도착하고 나서야 삼촌이 이제 미국 미네소타주에 산다는 사실을 알게 됐다. 그래서 처음에는 다음 할 일을 생각하면서 유스호스텔에 묵었다. 캐나다 서스캐처원주(머스크의 외할아버지가 살았던 주이다)에는 육촌이 살고 있었다. 따라서 머스크는 버스를 타고 미국과 캐나다 국경에서 멀지 않은 작은 도시 스위프트 커렌트를 향해 약 3,050㎞에 달하는 여정을 떠났다.

한곳에 자리 잡는 과정이 어느 정도 마무리되자 머스크가 다음으로 고민해야 할 문제는 일과 돈이었다. 이때에는 미래에 머스크가 세계 최고 부자가 될 거라고는 상상조차 못 했다. 머스크는 말단직에서 적은 돈을 받고 일하는 육체노동을 직접 경험했다. 캐나다에서 지냈던 첫 몇 개월간 농장 일, 통나무 베기, 보일러 청소 등을 했다. 이 중 보일러 청소가 모든 방면에서 최악이었다. 제재소의 보일러 안으로 기어들어서 안쪽에 붙어 있는 김이 날 정도로 뜨거운 찌꺼기를 긁어내고 작업하는 동안 더위에 지쳐 죽지 않기 위해 30분에 한 번씩 보일러 안에서 나와야 했다. 이때 머스크의 끈질긴 본성을 증명해 줄 주목할 만한 일이 있었다. 머스크가 이 일을 처음 시작했던 주에는 지원자가 30명이었지만, 일주일이 끝날 무렵 단 3명만이 일을 계속하고 있었다. 머스크도 이 3명에 포함됐다.

처음에는 일론 혼자 이민을 왔지만, 그의 어머니와 동생들도 캐나다로 집을 옮기는 절차를 서서히 시작했다. 이들 중 킴벌이 가장 먼저 도착했다. 돈독한 형제 관계는 일론에게 의심할 여지없이 큰 힘이 됐다. 이들 사이에 흐르는 강력하고 역동적인 에너지는 북미에서 성공하는 데 필요한 발전된 계획으로 자라났다.

소크라테스식 문답법, 논리적으로 생각을 정리하다

1989년 일론은 캐나다 온타리오주 킹스턴에 있는 퀸즈 대학에 입학해서 물리학과 경제학 학사 과정을 공부하며 학업을 다시 시작한다.

2013년 일론이 퀸즈에서 공부했던 시기에 대해 〈퀸즈 졸업생 리뷰〉와 나눈 인터뷰에서 여러 가지 통찰을 찾아볼 수 있다. 그는 퀸즈에서 보낸 시간을 '재미있고 흥미로운' 그리고 '발달에 중요한 역할을 한' 시간이라고 묘사했다.

"제가 퀸즈 학생과 직원 모두에게 배운 특별한 한 가지는 똑똑한 사람과 협력해서 일하고 공동의 목적을 달성하기 위해서는 소크라테스식 문답법을 사용해야 한다는 점이었어요."

소크라테스식 문답법은 대화 형태로 어떤 가정이나 주장

을 탐구하는 방식이다. 참가자들은 아이디어를 알아내려는 목적만으로 질문을 깊이 파고드는 것이 아니라 그 논쟁에 참여한 사람들이 가지고 있는 가치, 규칙, 신념을 찾아내려는 목적도 가진다. 따라서 소크라테스식 대화를 하는 사람들은 추상적인 개념이 아니라 그들 스스로와 세상의 관계를 살펴보고 근거 없는 가정과 순응주의적인 생각을 드러내는 '생산적인 불편한' 상태에 놓이게 된다. 이 교육학적 전술은 나중에 머스크가 보편적으로 인정받는 논리와 아이디어를 넘어 어떤 과제나 문제를 밑바닥부터 살펴보는 '제1 원칙' 논증법을 즐겨 사용한 일과 연결돼 있다.

그동안의 학교생활과 달리 퀸즈에서는 머스크의 뛰어난 지적 능력이 주변 사람에게 더 명확하게 드러났다. 머스크와 함께 공부했던 동기 중 몇 명은 머스크가 훌륭한 대학을 다니는 능력 있는 학생 사이에서도 눈에 뜨이게 똑똑했다고 회상했다. 머스크는 높은 집중력을 발휘한 학생이었고 타고난 경쟁심의 도움도 받았다. 한편, 공부하면서 연애와 사회생활을 할 시간도 마련하며 대학 생활과 함께 따라오는 다양한 기회도 놓치지 않았다.

머스크는 사업가적 적성도 드러내기 시작했다. 머스크가 지니고 있었던 컴퓨터에 대한 해박한 지식은 기술에 관심이 많은 학생 커뮤니티 안에서 인기를 끌었다. 그는 컴퓨터를 수리하거나 주문 제작하며 돈을 벌기 시작했다. 대학이라는 울타리 밖에서 일론과 킴벌은 영향력 있는 비즈니스 리더들과 일종의 네트워크를 형성하기도 했다. 둘은 호기심과 자신감에 힘입어 그런 사람들에게 뜬금없이 연락했고 인터뷰할 시간을 내달라고 설득했다. 이렇게 알게 된 사람 중 노바스코샤 은행의 고위급 임원인 피터 니콜슨Peter Nicholson도 있었다. 두 형제는 니콜슨에게 호기심 많고 결의가 굳으며 호감이 가는 청년들로 비쳐지며 긍정적인 인상을 남겼다. 이렇게 스스로 발을 넓히면서 머스크는 니콜슨과 그의 딸 크리스티Christie와 인맥을 쌓을 수 있었다.

특히 니콜슨과 맺은 관계는 중요한 기회로 이어졌다. 1990년대 초반 어느 여름날 머스크는 노바스코샤 은행 전략실장의 직속 인턴으로 일할 기회를 얻었고 열정 넘치는 청년이 감당하기에 부담스러운 과제를 받았다. 은행이 보유한 개발도상국의 채무 포트폴리오를 분석해서 몇몇 남미 국가의 채무 불이행을 추종하는 포트폴리오의 가치를 판단하는 업무였다. 일론은 시간당 14달러를 받으며 즐겁게 일하다가 은행과 은행을 이용하는 모든 사람에게 큰 승리를 안겨 줄 기회를 찾았다는 느낌이 들었다. 그가 발견한 것은 미국 정부의 보증을 받는 남미 국가들의 채무였다. '브래디 본드^{Brady Bond, 미국 재무장관 니콜라스 브래디Nicholas Brady의 이름을 따서 지었다}'라고 알려진 채권과 채무의 실질적인 가치 차이가 영리한 트레이더^{주식이나 채권을 매매할 때, 자신이 직접 거래하거나 시세를 예측하면서 고객 간의 거래를 중개하는 사람–옮긴이}들이 미국 연방 정부의 보호를 받으며 돈을 2배로 불릴 수 있는 기회라고 보았다. 일론은 이 아이디어를 직속 상사에게 신나게 보고했고, 상사는 일론이 보고한 내용의 가치를 인정하고 이를 회사의 CEO에게 올려 보냈다. 그러나 CEO는 아르헨티나와 브라질의 채무가 너무 위험하다는 이유로 아이디어를 받아들이지 않았다. 이러한 CEO의 결정은 일론에게 엄청난 좌절감을 안겨 주었다. 일론은 은행가들이 핵심을 전혀 이해하지 못하고 있고 미국 재무부에서 보증하는 거대한 액수의 돈을 거머쥘 기회를 놓치고 있다고 생각했다. 머스크는 '은행가들은 남들을 따라 하기만 한다'라는 깨우침을 얻었다.[6] 이때 경험한 실망감은 금세 순응적이고 예측 가능한 반응을 보이는 은행의 성향을 이용해서 은행과 대결할 수 있겠다는 '자신감'으로 변했다. 이러한 패턴은 이후에도 계속 반복됐다.

국경을 넘어서

오래전부터 그리고 지금까지 캐나다는 머스크의 문화적 인생관에 중요한 자리를 차지하는 국가다. 하지만 머스크는 국경을 넘어 미국으로 들어가서 기술 혁명의 한가운데에 서겠다는 본래 목표를 잊어버리지 않았다. 1980년대에는 인터넷의 초석에서 혁명적인 기술의 가능성이 나타났고, 1990년대에는 이 혁명이 사람 간 커뮤니케이션, 소매업, 정보 및 데이터 교환의 본질을 탈바꿈시켰다. 그리고 혁명 대부분은 미국에서 일어났다.

머스크는 1992년에 처음으로 국경을 넘었다. 당시 그는

---

6) 애슐리 반스의 저서, 『일론 머스크(2015)』, 83쪽

펜실베이니아 대학University of Pennsylvania으로 학교를 옮기면서 미국 교육의 아이비리그로 진입했다. 일론은 경영학과 물리학을 공부했고 상급 토론과 연구에서 뛰어난 성과를 보였다. 그는 자신만큼 궁금한 것이 많은 학생에 둘러싸여 지냈지만, 그의 지치지 않는 근면에 비길 정도로 열심인 사람은 찾아보기 힘들었다. 펜실베이니아 대학 시절 일론은 평생을 함께할 중요한 친구 아데오 레시Adeo Ressi를 만났다. 레시는 이후 혼자 힘으로 역동적인 테크업계의 사업가 겸 투자자가 되어 엑스프라이즈XPRIZE 재단 이사회에서 인류에게 장기적인 혜택을 가져다줄 기술 프로젝트를 후원한다. 머스크와 레시는 금세 친해졌고 같이 커다란 집을 빌렸다. 이들은 이 건물을 빌려서 한 번에 500명까지 수용할 수 있는 비공식적인 나이트클럽으로 바꿨다. 둘은 이곳에서 클럽 손님들에게 입장료 5달러를 받으며 부수입을 벌었다. 레시가 파티광에 가까웠던 반면, 술을 절제해서 마셨던 머스크는 파티를 질서 있게 정리하려고 신경 쓴 사람이었다.

여담으로 일론이 경영학과 물리학의 조합을 대학에서

공부한 이유에 관한 재미있는 이야기가 있다. 이 두 학문은 사실 흔한 조합이 아니다. 과학과 경영의 세계는 융합했을 때 나타나는 가치가 분명하지만, 학문적인 측면에서는 서로 꽤 멀리 떨어져 있는 경우가 많다. 지미 소니^Jimmy Soni의 책 『창립자들: 일론 머스크, 피터 틸, 그리고 인터넷을 만든 기업』에는 머스크가 〈미국 물리학 협회〉 소식지와 나눈 인터뷰에서 미래에 남들보다 우위에 서기 위한 방어적 차원에서 경영학을 선택했다고 말했던 일화가 언급돼 있다.

"제가 경영학 공부를 하지 않으면 경영학을 공부한 사람 밑에서 강제로 일하게 됩니다. 그 사람들은 제가 모르는 특별한 지식을 가지고 있겠죠. 그렇게 되긴 싫었습니다. 그래서 저도 그런 지식을 제대로 알고 있어야겠다고 생각했죠."[7]

한편, 물리학은 머리를 아프게 했지만(머스크는 자신이 물리 수학을 해낼 수 있다면 경영 수학은 아무 문제가 되지 않을 것 같다고 생각했다) 동시에 '삶, 은하계를 비롯한 모든

---

7) 지미 소니의 저서, 『창립자들(2022)』, 62쪽

것'(머스크가 즐겨 읽었던 더글러스 애덤스^{Douglas Adams}의 책『은하수를 여행하는 히치하이커를 위한 안내서』를 인용했다)과 관련이 있었다. 머스크는 이러한 물리학의 특징에 특별한 매력을 느꼈다. 요약하자면 경영학은 실용적인 과목이었고 물리학은 중요한 과목이었다.

펜실베이니아 대학은 머스크가 이후 사업하는 엔지니어이자 한계 없는 혁신가로서 일하는 데 중심이 될 아이디어의 틀을 잡기에 완벽한 환경이었다. 2009년 펜실베이니아 대학에서 머스크는 다음과 같이 연설했다.

펜실베이니아 대학에 다닐 때 저는 무엇이 인류의 미래에 가장 큰 영향을 미칠지 고민하기 시작했어요. 제가 가장 가능성이 크다고 생각한 세 가지는 인터넷, 지속 가능한 에너지 경제로의 전환, 우주여행이었어요. 특히 우주여행은 여러 행성으로 생명을 확장하는 일이었죠. 제가 이 모든 일에 관여하게 될 거라곤 생각하지 않았습니다. 하지만 지금 보니 다 하고 있긴 하네요.

위 관심사 중 몇 가지는 펜실베이니아 대학에 다니는 동안 높이 평가된 여러 논문에서 자세히 연구됐다. 이 논문에서 머스크는 태양으로부터 엄청난 양의 자유 에너지를 빨아들이는 거대한 태양 전지 발전소에 대한 가능성과 슈퍼 축전기의 에너지 효율성을 사용해서 모든 형태의 운송 수단에 전원을 공급할 방법을 상세히 연구했다. 이런 원대한 연구는 대학에서 흔히 찾아볼 수 있다. 하지만 놀라운 사실은 이런 비전이 일론의 야망에 원동력으로 남아서 이후 전례 없는 규모로 세상에 실제로 나타났다는 점이다.

1994년 여름에 있었던 일은 미래에 머스크가 사업가가 되기 위한 진정한 초석을 다져 준 듯하다. 실리콘 밸리로 향하던 머스크는 관심사와 밀접히 관련돼 있는 두 번의 인턴십 기회를 잡았다. 한 곳은 슈퍼 축전기의 개발과 응용을 주력 분야로 연구하는 로스 가토스의 피너클 연구소 Pinnacle Research Institute였다. 슈퍼 축전기는 기본적으로 전기 에너지를 저장하는 기기다. 매우 높은 전기량을 저장하고 그 에너지를 순식간에 공급하며 빠르게 재충전하고 여러 번의 충전 및 재충전 사이클을 관리하도록 구성된 기기이기도 하다. 이것이 가능한 이유는 이 기기의 효율이 전해 축전기와 표준 배터리 또는 재충전이 가능한 배터리의 효율보다 뛰어나기 때문이다. 머스크는 이 기기들이 차량부터 우주 시대의 에너지 총까지, 미래의 메커니즘과 시스템 전체에 적용될 것이라는 비전을 가지고 있었다.

피너클 연구소에서 인턴으로 일하면서 머스크는 온라인 뱅킹의 미래에 대해 생각해 보기도 했다. 그는 저축과 예금 계좌에서 멈추지 않고 중개업과 보험업 같은 연계 서비스까지 완전한 인터넷 뱅킹 서비스 구축의 가능성에 대해 생각했다.[8] 당시 머스크 주변에는 그의 구체적인 사색을 진지하게 받아들인 사람이 별로 없었다. 그 당시에는 인터넷의 완전한 잠재력이 아직 실현되지 못한 것은 물론이고 상상조차 할 수 없었기 때문이다. 하지만 일론의 많은 초기 아이디어처럼 이 생각 역시 뒤에 세상에 선보이게 된다.

이 시기에 머스크는 다른 곳에서도 인턴으로 일했다. 피터클 연구소에서는 낮에만 일했고 날이 저물면 팔로 알토

---

8) 애슐리 반스의 저서, 『일론 머스크(2015)』, 84쪽

에 있는 로켓 사이언스 게임즈Rocket Science Games에 두 번째 인턴십을 하러 갔다. 1993년 스티븐 게리 블랭크Steven Gary Blank와 피터 배럿Peter Barrett이 창립한 로켓 사이언스 게임즈는 성장하는 게임 회사였다. 머스크가 인턴으로 들어올 무렵 이 회사는 세가 엔터프라이즈Sega Enterprises와 베르텔스만 뮤직 그룹Bertelsmann Music Group으로부터 자금 1,200만 달러를 지원받았다. 이 회사는 재미있게 일할 수 있는 곳이었다. 게임 업계에서 가장 뛰어난 그래픽을 만들기 위해 영화 및 테크업계의 인재를 데려오는 일로 유명했고, 하드웨어를 플러그인plug-in 게임 카트리지 형태에서 더 디지털화된 시디롬CD-ROM으로 전환시키기도 했다. 처음에 일론은 기본적인 코딩 업무를 맡았지만, 이 틀에 오래 갇혀 있지는 않았다. 얼마 지나지 않아 경험 많은 코딩 전문가와 산업 전문가는 머스크의 숨길 수 없는 기술과 정신력에 감탄했다. 여기에는 스트레스에 굴복하거나 지치지 않고 놀라울 정도로 오랜 시간 일할 수 있는 능력, 하드웨어와 소프트웨어 모두에 대한 깊은 지식, 독학한 프로그래머의 자립적인 문제 해결 능력이 포함됐다. 금세 그는 로켓 사이언스 게임즈에서 게임 콘솔과 마우스 및 조이스틱의 상호 작용 지원용 드라이버 등 훨씬 어려운 업무를 맡게 됐다.

인턴으로 불철주야 일하면서도 일론은 킴벌과 함께 장거리 자동차 여행을 떠났다. 킴벌이 컬리지 프로 페인터스College Pro Painters에서 번 돈으로 에어컨 없는 중고 자동차를 샀다. 자동차가 생긴 형제는 미국 횡단의 꿈을 실현했다. 캘리포니아에서 시작해서 콜로라도, 와이오밍, 사우스다코타, 일리노이까지 갔다가 일론이 마지막 가을 학기를 시작하는 펜실베이니아 대학으로 돌아왔다.[9] 여행하는 동안 형제는 스타트업 창업을 위한 다양한 구성을 자유롭게 생각해 볼 시간을 충분히 가졌다. 그중에는 의사 사이의 협력과 정보 교환을 개선할 전자 건강 기록이라는 새로운 시스템이 있었다. 사업을 계획하기 시작했지만, 이 아이디어에 흥미를 느끼지 못한 형제는 곧 그만두었다.

1995년에 머스크는 경영학과 물리학 복수 전공 학위를 받으며 펜실베이니아 대학을 졸업했다. 그 무렵 여러 인

---

9) 애슐리 반스의 저서, 『일론 머스크(2015)』, 64쪽

턴십을 통해 그의 주요 관심사와 직접 관련이 있는 산업을 경험할 수 있었다. 한동안은 다음 단계의 교육에 이끌렸고 스탠퍼드 대학 물리학 박사 과정에 입학 허가를 받았다. 만약 머스크가 이 길을 계속 걸어갔다면 미래에 어떤 결과가 나타났을까? 하지만 머스크는 스탠퍼드 박사 과정을 단 이틀 만에 그만두었다. 교육, 최소한 공식적인 맥락에서의 교육은 끝났다. 이제 그의 첫 번째 스타트업을 시작할 차례가 됐다.

PART 2

인류의 미래를
바꾸고 싶어

미래를 위한
사업이 하고 싶어

ELON MUSK

새로운 시대에 걸맞는
아이디어가 필요해

일론 머스크의 야망과 공학적 통찰은 인터넷이 떠올랐
던 시기와 겹쳤다. 완벽한 행운의 타이밍이었던 셈이다.
1982년에 최초의 전자 상거래 기업(중고 컴퓨터를 거래했
던 보스턴 컴퓨터 익스체인지Boston Computer Exchange)이 설립되
었지만, 이후 웹 기반 서점 형태로 북 스택스 언리미티드

Book Stacks Unlimited라는 차세대 주요 온라인 쇼핑 경험이 세상에 나타나기까지 10년이 걸렸다. 참고로 이 기업은 미래에 머스크와 함께 우주 선구자의 역할을 맡게 될 테크 부문의 사업가인 제프 베이조스Jeff Bezos가 이끄는 스타트업에 일부 영감을 주기도 했다. 1995년에 출범한 이 스타트업은 새로운 온라인 서점인 아마존닷컴Amazon.com이었다. 초기에 아마존에서 판매하는 상품은 책밖에 없었다. 하지만 베이조스는 '모든 것을 파는 가게', 즉 소비자들이 원하는 모든 상품을 거의 다 살 수 있는 온라인 플랫폼을 만들겠다는 비전을 시작하는 중이었다.

인터넷과 컴퓨터의 사용이 미국과 해외에서 기하급수적으로 퍼지면서 이와 같은 사업에 도움이 됐다. 넷스케이프 내비게이터Netscape Navigator 같은 웹브라우저와 야후Yahoo! 같은 검색 엔진이 등장하면서 이제 컴퓨터만 있으면 누구든지 넓어지는 월드 와이드 웹World Wide Web의 지형을 탐험해 볼 수 있었다. 컴퓨터 자체도 윈도 95Windows 95, 1995년에 이전 버전인 윈도 3.1의 대체재로 등장했다와 맥Mac OS 같은 운영 체제 덕분에 1980년대의 투박한 골칫덩어리에서 실용적이고 유연하고 저렴하고 더 강력해진 모델로 진화할 수 있었다. 1991년에 1개밖에 없었던 쉽게 접근할 수 있는 전자 상거래 사이트가 1994년에 2,738개가 됐고 1년 만인 1995년에 23,500개가 됐다는 사실이 사회에서 이 모든 기술의 증폭이 누적되었다는 사실을 보여 준다. 머스크가 이 새로운 시대에 이름을 떨치려면 지금 움직여야 했으며 먼저 아이디어가 필요했다.

Zip2.
모험의 시작

영감은 노란색에서 나왔다. 머스크는 인턴십을 하면서 노란색 전화번호부를 제작하는 옐로우 페이지스^{Yellow Pages}의 영업 직원을 만났다. 지금 돌이켜보면 전통적인 노란색 전화번호부(수백 장의 페이지에 수천 개의 지역 업체를 나열하여 선명한 글씨로 인쇄한 거대한 비즈니스 안내 책자)는 엄청난 유물처럼 느껴지지만, 오랜 시간 동안 지역 가게, 제품, 서비스를 찾을 때 참고하는 중요한 도구였다. 하지만 이 회사는 시대가 변하고 있다는 사실을 확실히 알아챘고 영업 직원은 머스크에게 새로운 온라인 플랫폼에 업체들이 안내 정보를 게시할 가능성에 관해 이야기했다. 머스크는 이 설명을 듣고 옐로우 페이지스의 제안에 설득되지는 않았지만 더 큰 일을 벌일 아이디어를 떠올렸다. 1995년 11월에 머스크는 남동생과 함께 글로벌 링크 인포메이션 네트워크 GLIN라는 회사를 등록하고 첫 스타트업을 시작했다.

GLIN의 핵심 콘셉트는 온라인 비즈니스 안내 책자에 검색 가능한 디지털 지도를 접목하는 것이었다. 이렇게 하면 사용자가 필요한 업체를 찾고 그곳에 찾아가는 방법을 알아낼 수 있다. 기업들이 서비스에 그들을 소개하는 세부 문구를 넣기 위해 돈을 내게 하려면 당연히 그들의 관심을 끌어야 했다. 회사가 언론에 처음 보도됐을 당시에는 이 서비스의 이름에 대한 혼란이 조금 있었던 것 같다. 〈샌프란시스코 연대기〉는 이 '새로운 제품의 이름은 가상 도시 내비게이터Virtual City Navigator이거나 토탈인포Totalinfo다'라고 보도했다.

GLIN을 지원할 스타트업 자금은 미미한 수준이었다. 두 형제는 저축해 둔 돈을 벤처에 퍼부었고 에롤도 돈을 지원했다. 캐나다 사업가 그레이 카우리Grey Kouri는 6천 달러를 추가로 투자하고 이 경험 없는 사업가들의 아이디어와 결정이 합당한 것인지 확인해 주며 성장이 이어진 이후 몇 년 동안 멘토 역할을 해 주었다.

소규모 인원으로 시작한 스타트업에 얼마 뒤 영업 직원 3명이 들어왔고 머스크 형제는 팔로 알토에 작은 사무실을 빌렸다. 투자금을 전부 모아도 모든 면에서 돈이 부족했으므로 스타트업의 기반 시설은 적은 돈으로 운영됐다. 2003년 10월 8일 스페이스 엑스에서 진행된 발표에서 일론은 실험적이었던 이 초창기의 기업가 정신에 대한 부가 설명을 했다. 그는 버텨야만 했던 궁핍한 물리적 상황에 대한 것뿐 아니라 애초에 회사가 사람들에게 무엇을 판매하려는지 이해시키는 것에서 나타난 기본적인 문제를 청중에게 설명했다.

저희에게 관심을 보이는 사람들이 조금씩 생겨나기 시작했습니다. 절반의 경우에는 '인터넷이 뭡니까?' 따위의 질문을 받았어요. 실리콘 밸리에서도 말이죠. 그러다가 가끔 저희 이야기에 설득된 고객이 나타나면 돈이 좀 생겼어요. 저희 팀에는 6명밖에 없었습니다. 저, 제가 캐나다에서 내려오라고 설득한 남동생, 저희 어머니의 친구가 있었죠. 그리고 저희가 신문 광고에 구인 글을 실어서 임시로 고용한 영업 직원이 3명 있었어요. 처음에는 진짜 힘들었습니다. 저는 돈이 바닥난 상태였고 빚이 있었어요. 어마어마한 학자금 대출이 있었죠. 사실 저는 집과 사무실을 동시에 구할 돈이 없었기 때문에 사무실을 빌렸습니다. 정말로 집보다 저렴한 사무실을 구했어요. 저는 푸톤futon, 펼치면 침대가 되고 접으면 소파로 사용할 수 있는 가구_옮긴이에서 잠을 자고 YMCA에서 샤워를 했어요.

GLIN은 인터넷 스타트업이었음에도 처음에는 인터넷 접속이 안 됐다. 이 문제는 머스크가 아래층의 인터넷 서비스 제공자와 타협을 보면서 해결됐다. 머스크는 사무실 벽에 실제로 구멍을 뚫고 그 구멍을 통해 이더넷ethernet 케이블을 아래층으로 내려보낸 뒤 사용 가능한 라우터에 연결했다.

이런 창업 이야기는 사업가로서 머스크를 올바로 이해하

는 데 중요하다. 일부 스타트업 거인들은 엄청난 금전 지원
을 받거나 이미 성공한 비즈니스의 도움을 받는 등 처음부
터 유리한 위치에서 시작한다. 반면에 일론 머스크는 거의
아무것도 없는 상태로 시작해서 자신의 손과 지능, 노동의
산출물과 최종 권한이 그에게 있는 팀을 통해 모든 것을 일
궈 냈다. GLIN에서 처음 일했던 직원들은 불평이나 효율성
저하 없이 극단적으로 긴 업무 시간을 버텨 내는 머스크의
헤라클레스 같은 능력에 깜짝 놀랐다. 원기 왕성한 생물학
적 작용만이 이런 상황을 감당할 수 있었겠지만, 아주 작은
실패의 가능성도 용납하지 않았기 때문인 것 같기도 하다.
불편함, 문제, 부조리도 강철 같은 의지와 오랜 시간이라는
조합으로 무너뜨릴 수 있었다. 머스크는 이렇게 말했다.

"저는 사무라이 같은 사고방식을 지니고 있습니다. 실패
하느니 할복배를 갈라 자살하는 사무라이의 의례-옮긴이할 겁니다."

허무주의적인 군사적 비유가 여기에 딱 맞는다. 머스크
는 후퇴에 병적인 거부감을 보이며 문제와 함께 전쟁에 뛰
어들 것이다.

두 가지 성과가 사업에 큰 도움을 줬다. 첫째는 700만 명

이 넘는 사람들의 집, 금융, 테크 부문의 주요한 성장을 경험하고 있는 샌프란시스코만 근처 업체의 데이터베이스에 접근할 수 있는 권한을 얻은 일이다.

둘째는 1985년에 창립해서 1990년대에 세계 최대 전자지도 업체가 된 나브텍Navteq의 콘텐츠에 무료로 접근할 수 있는 권한을 얻어 낸 일이었다. 이 두 자원이 결합하여 머스크의 신제품에 필요했던 다양한 유용성을 제공했다.

가상 도시 내비게이터는 이제 형태를 갖추기 시작했고 영업 팀을 최소한의 인원으로 운영한 덕분에 매출이 생기고 있었다. 하지만 여전히 비즈니스 규모를 넓히는 일은 고되었다. 이 회사가 스타트업을 뛰어넘어 강력한 펀치를 날리려면 커다란 변화가 필요했다. 하지만 1996년에 모든 것이 변했다. 1990년대는 벤처 투자자들이 테크업계 투자를 갈망하고 스타트업의 가치 평가가 하늘 높이 치솟은 시기였다. 1983년 캘리포니아주 샌마티오에 설립된 모어 데이비도우 벤처스MDV, Mohr Davidow Ventures는 새로운 기회를 모색하고 있었다.

"지난 30년간 모어 데이비도우 벤처스 팀은 커다란 신규 시장을 개척하거나 재정의하는 초기 단계의 테크 기반 스타트업에 투자해 왔습니다."

머스크 형제는 MDV의 고위 임원들을 만나서 이 외부인들에게 GLIN이 틀림없이 차세대 먹거리가 될 것이라고 설득했다. 이에 MDV는 GLIN에 350만 달러를 투자했다. 이제 모든 것이 바뀔 예정이었다.

성공과 실패를 거듭하며

MDV가 투자한 수백만 달러 덕분에 머스크는 스타트업 공상가에게 필요한 자격을 갖추고 인정받는 기업을 이끄는 사람으로 빠르게 변신했다. 투자가 일으킨 변화는 금세 분명해졌다. 세간의 이목을 끌었던 변화는 회사가 Zip2라는 새 이름을 갖게 됐고 www.zip2.com이라는 주소로 플랫폼을 운영하게 됐다는 점이었다. 쏟아져 들어온 신규 인력을 수용할 더 크고 고급스러운 사무실을 새로 마련하기도 했다. 직원 중에는 전문 컴퓨터 엔지니어와 프로그래머가 많았다. 이 직원들은 그때까지 자습을 통해 익힌 기술을 사용하여 코딩을 스스로 해 오던 머스크에게 꽤 큰 문화적 변화를 맛보게 했다. 새 직원들은 그들이 효율적이고 전문적인 코딩 기술이라고 생각한 결과물을 내놓았고 머스크는 자신의 강력한 노동관과 일을 다르게 처리하는 방식에 대한 비전을 제시했다.[10]

MDV의 투자로 인해 인적 구조에 일어난 가장 큰 변화는 (MDV의 지시에 따라) 리치 소킨Rich Sorkin이 새로운 최고 경영자CEO로 임명되고 일론이 최고 기술 책임자CTO라는 자리로 이동한 일이었다. MDV는 소킨이 더 탄탄하고 믿음직스러운 산업 경험이 있다고 보았다. 예일 대학교 경제학과를 졸업한 소킨은 보스턴을 기반으로 둔 영향력 있는 경영 컨설팅 회사 베인 앤 컴퍼니Bain&Company에서 첫 사회생활을 시작했고 1988년 스탠퍼드 대학교에서 MBA를 취득한 뒤 실리콘 밸리로 진출했다. 그는 싱가포르 기업 크리에이티브 테크놀로지Creative Technology의 미국 지사 크리에이티브 랩스Creative Labs에서 사운드 블래스터SoundBlaster 부서를 이끌었다.

---

10) 애슐리 반스의 저서, 『일론 머스크(2015)』, 74~75쪽

1990년대에 사운드 블래스터 사운드 카드가 PC에 들어가는 소비자 오디오 구성품의 표준이 되면서 전 세계에서 판매되는 모든 사운드 카드 10개 중 7개가 사운드 블래스터 제품이 됐다.

이 남아프리카 청년은 다른 우수한 자질을 갖추고 있었지만, 투자자는 소킨이 이 젊은이에게 아직 없었던 것을 가지고 있다고 보았다.

이 결정은 Zip2와 머스크의 관계에 중대한 영향을 미친다. 머스크는 소킨의 임명을 불편하게 여겼다. 머스크는 전략을 세우는 고삐를 잡고 기업을 이끌고 싶어 했다. 기업 문화에 관해 머스크가 회상한 이야기를 들여다보면 머스크가 제품 개발과 혁신보다는 재무와 주주에 비중을 둔 기업 관습의 문제를 무엇이라고 생각했는지 이해하는 데 도움이 된다. 2020년 12월 15일 유튜브 채널 디옥사Theoxa에 게시된 인터뷰에서 머스크는 미국 기업의 문제점을 무엇이라고 생각하는지 설명해 달라는 질문을 받는다. 머스크가 특히 강조한 부분은 MBA를 지나치게 중시하는 분위기였다.

저는 기업을 경영하는 사람 중에 MBA 출신이 너무 많다고 생각합니다. 미국에서는 'MBA화'가 일어나고 있는데, 저는 이게 그다지 좋은 현상이 아니라고 봅니다. 제품과 서비스 자체에 더 큰 비중을 싣고 이사회 미팅이나 재무에 들이는 시간은 줄여야 합니다. [중략] 어쨌든 기업의 목적이 뭘까요? 기업이 존재하는 이유가 뭘까요? 기업이란 제품이나 서비스를 만들고 그것을 세상에 내놓기 위해 한데 모인 사람들입니다. 가끔 사람들은 이 사실을 잊어버립니다. 기업은 그 자체로 가치가 없어요. 기업은 비용이나 투입한 것보다 큰 가치를 지닌 제품과 서비스를 만들어 내며 자원을 효율적으로 분배하는 주체 정도의 가치를 지니고 있을 뿐입니다.

Zip2, 3억 700만 달러 회사가 되다

Zip2로 돌아가 보면 인사 변화는 기업의 전체적인 방향성을 변화시켰다. 개인 비즈니스 고객 등록에 집중하는 전략은 시간이 오래 걸리고 노동력이 많이 투입된다는 이유로 거절당했다. Zip2는 더 인상적이고 국가적인 차원의 규모 확장 전략으로 시선을 돌렸다. 고객용 광고 디렉터리를 직접 개발할 수 있도록 소프트웨어 제품을 신문사에 판매하는 데 집중하기 시작했다. 회사는 이 전략을 통해 1997년까지 140개의 신문사 웹사이트를 개발하며 돈을 벌었다.[11] 혁신으로 언론에 노출된 덕분에 Zip2는 마이크로소프트, 시티서치CitySearch, 야후, 크레이그리스트, AOL 같은 기업이 다투며 점점 경쟁이 심해지는 분야에서 두드러졌다(당시 구글은 아직 무대에 오르지 않았으며 1998년에 등장한다). 새로운 자바Java 프로그래밍 언어를 사용하는 Zip2는 여느 때보다 강력하고 뛰어난 능력을 갖추었고 여기에는 레스토랑 자리 예약과 디지털 내비게이션 같은 서비스를 포함하고 있었다. 나이트리더Knight Ridder, 소프트뱅크 그룹Softbank Group Corp, 허스트Hearst, 퓰리처 퍼블리싱Pulitzer Publishing, 모리스 커뮤니케이션Morris Communications, 뉴욕 타임스The New York Times Company 같은 투자자가 회사로 모여들었다.[12] 이 목록의

---

11) 지미 소니의 저서, 『창립자들(2022)』, 70쪽
12) 지미 소니의 저서, 『창립자들(2022)』, 70쪽

첫 두 기업이 투자한 금액만 1,210만 달러였다.

두 형제의 삶에 빠른 속도로 거대한 변화가 일어났다는 점은 분명했다. 돈이 없어 즉흥적으로 계획을 수정하고 허우적거려야 했던 날들은 이제 끝났다. 이제 그들은 미국 전역을 덮치고 전 세계로 퍼져 나가고 있는 실리콘 밸리 혁명의 선봉에 선 부유하고 중요한 인물이었다. 하지만 상부에서 문제가 생겼다. 머스크는 Zip2의 고위급 임원들과 전략과 이행에 관한 진지한 논쟁을 벌였다. 머스크는 Zip2가 신문 브랜드를 앞세우며 뒤에 물러서 있기보다 직접 고객을 관여시키기 위해 더 많은 일을 할 수 있다고 생각했다.

머스크의 경력에 정말로 중요한 해였던 1998년에서 1999년 사이에 문제가 정점에 달했다. Zip2가 속한 시장은 격렬한 전쟁터가 되고 있었고 Zip2는 회사에 더 큰 영향력을 가져다주고 위기에 처한 순익을 늘려 줄 기업 인수 합병을 알아보고 있었다. 1998년 4월 Zip2는 주요 경쟁자 시티서치CitySearch와 하는 합병을 선언했다. Zip2와 마찬가지로 1995년에 설립되었고 캘리포니아에 자리한 시티서치는 업체, 서비스, 소매업, 엔터테인먼트 같은 지도와 여행

안내를 기반으로 한 온라인 도시 가이드를 제공하며 Zip2와 비슷한 길을 걸어왔다. 시티서치의 CEO인 찰스 콘^{Charles Conn}이 언론에 "[합의에 대한] 모든 것이 동등한 합병입니다. 저희는 양사가 지닌 최고의 문화와 양사가 지닌 최고의 기술을 전부 보존할 수 있습니다"라고 강조했지만, 합의에는 합병된 회사를 시티서치의 이름으로 운영한다는 내용이 포함됐다.

하지만 합병은 무산되었다. 머스크가 계약에 반대했고 시티서치의 재정 상태에 대한 우려뿐 아니라 합병이 일부 Zip2 임원에게 미칠 영향에 대한 우려가 있었기 때문이다. 합병 실패는 Zip2의 고위급 인사 사이에서 혼란을 일으켰다. 머스크는 소킨 대신 자신이 CEO 자리에 올라야 한다며 Zip2 이사회와 논쟁을 벌였다. 하지만 머스크에게 불만을 품은 이사회는 머스크의 회장직을 빼앗고 소킨을 벤처 투자자 데렉 프라우디언^{Derek Proudian}으로 교체했다.[13] 머스크는 실질적으로 자신이 세운 회사에서 좌천된 것이다. 이

---

13) 애슐리 반스의 저서, 『일론 머스크(2015)』, 72쪽

사건은 자기 회사에 대한 통제권을 유지하는 일에 대한 명확한 교훈을 준다.

하지만 정말로 머스크의 게임판을 뒤엎은 사건은 1999년 2월에 일어났다. 컴팩 컴퓨터Compaq Computer Corporation가 뜬금없이 Zip2를 3억 700만 달러에 인수하겠다는 제안을 해 왔다. 컴팩은 자사의 알타비스타AltaVista 웹 검색 엔진을 야후와 아메리카 온라인America Online 같은 회사보다 경쟁력 있게 만들 생각이었다. 이 제안은 받아들여졌고 성대한 축하 파티가 열렸다. 이 사건은 머스크에게 Zip2를 떠나 새로운 지평선으로 이동할 시간이 왔음을 알리는 신호였다. 머스크는 2,200만 달러, 킴벌은 1,500만 달러를 받고 Zip2를 떠났다.

Zip2에서 보낸 시간은 힘겨웠지만, 그 과정에서 얻은 경영 스타일, 기업 관리, 재무, 합병의 본질 같은 통찰이 머스크 자신의 야망이 향하고 있는 방향에 녹아드는 학습 경험을 할 수 있었다.

닷컴 열풍 신화를
쓰게 되었어

ELON MUSK

돈은 벌었지만
가치는 변하지 않았어

모든 측면에서 머스크는 새로 생긴 부유한 삶을 온전히
받아들였다. 고급 부동산, 경비행기 (머스크는 비행 수업을
받았다), 백만 달러짜리 맥라렌 F1 스포츠카를 구매했다.
이 중에서 스포츠카를 구매했던 일화는 주목할 만하다. 부
유한 삶과 떠오르는 유명세를 확실히 편안하게 받아들였

던 머스크가 이 스포츠카를 배송받는 모습을 CNN에서 촬영하는 일을 허락했기 때문이다. 이 동영상에서는 신이 난 젊은 머스크가 번쩍거리는 거대한 트럭에 실려 온 F1을 받는다(지금도 다음 링크를 통해 온라인에서 이 동영상을 볼 수 있다. https://edition.cnn.com/videos/business/2021/01/07/elon-musk-gets-his-mclarensupercar-1999-vault-orig.cnn). 전체적으로 이 동영상은 새롭게 탄생한 닷컴 백만장자를 향한 대중적 관심에 딱 들어맞았다.

1995년에는 인터넷을 사용하는 사람이 별로 없었고 인터넷으로 돈을 버는 사람은 확실히 아무도 없었습니다. 대부분은 인터넷이 일시적인 유행이 될 거라고 생각했어요. 3년 전만 해도 저는 YMCA에서 샤워를 하고 사무실 바닥에서 잠을 잤는데, 이제 백만 달러짜리 자동차와 좋은 물건을 좀 가지게 됐어요. 제 인생을 완전히 바꾼 사건이죠.

머스크는 새로 생긴 부유한 삶이 자기 자신과 다른 사람에게 어떤 의미를 지니는지 스스로 의식하고 있었다.

"제 가치들이 변했을진 모르지만, 저는 제 가치들이 변하는 걸 의식하지 못하고 있어요."

동영상에 등장하는 또 다른 인물은 머스크의 약혼녀인 저스틴 윌슨Justine Wilson이다. 머스크는 퀸즈 대학교에서 함께했던 기간 내내 그녀와 만남과 이별을 반복했다. 머스크는 창의적이고 똑똑하며 아름다운 학생 저스틴을 끈질기게 쫓아다니다가 1999년에 그녀와 결혼했다. 동영상에서 저스틴은 눈앞에 펼쳐진 부에 확연히 위압당한 모습을 보인다.

"이건 백만 달러짜리 스포츠카예요. 퇴폐적이죠."

그러고는 화면 너머의 판단을 의식한 듯이 조심스럽게 한 마디를 덧붙인다.

"저희가 버릇없는 사람이 되어서 감사한 마음과 균형을 잃어버릴까 봐 걱정돼요. 하지만 정말이지 이건 실리콘 밸리에 완벽하게 어울리는 차예요."

분명히 머스크와 저스틴은 그들이 마주한 새로운 금전적 현실에 정신적으로도, 사회적으로도 적응해 가고 있었다. 하지만 돈을 벌었다고 해서 머스크가 추가 프로젝트에 대한 가속 페달에서 발을 떼지는 않았다.

머스크의 다음 목표는 노바스코샤 은행 인턴 경험에서 얻은 통찰과 관련된 은행 업무의 세계, 그중에서도 온라인 뱅킹이었다. Zip2가 머스크에게 가르쳐 준 교훈이 있다면, 그것은 확장될 기술의 초입에 서 있는 사업의 잠재된 에너지였다. 온라인 뱅킹이 바로 그런 경기장이었다. 최초의 온라인 홈뱅킹 서비스는 1980년에 등장했다. 유나이티드 아메리칸 은행United American Bank에서 만든 이 서비스는 사용료를 낸 고객이 특별한 보안 모뎀을 활용하여 계좌 정보에 접근할 수 있게 해 주었다. 1980년대와 1990년대에도 웹 뱅킹 서비스를 구축하려는 추가 시도가 있었지만, 어느 것도 기존의 창구를 통한 은행 업무 모델을 실질적으로 뒤흔들지 못했다. 1999년에 미국 가계 중 오직 0.4퍼센트만이 어떤 형태로든 온라인 뱅킹을 사용했다(많은 잠재 고객이 보안을 가장 크게 걱정했다). 하지만 수그러들지 않는 인터넷의 성장으로 인해 1990년대 말이 됐을 무렵 전 세계 주요 은행 대부분이 떠오르는 기술을 어떻게 활용할지 살펴보고 있었고 금융 부문에 실험적인 스타트업이 많이 등장했다. 모든 스타트업의 가장 큰 경쟁자는 조지아에 기반을 두고 1996년에 창립한 넷뱅크^{NetBank}였다. 하지만 이 부문은 넷뱅크의 주가가 1999년에만 3.5달러에서 83달러 사이를 오르내릴 만큼 변동성이 심했다. 일론 머스크도 이 경주에 참여할 예정이었다.

온라인 금융 서비스
엑스닷컴

머스크의 새로운 비전은 처음 엑스닷컴^{X.com}을 설립한 1993년에 나타난다. 머스크는 저축, 예금 계좌, 대출, 주식 거래, 담보 대출, 보험까지 거래 전체의 스펙트럼을 포괄하는 완전한 온라인 금융 서비스 기업을 제공하여 전통 은행 업무를 최대한 흔들 생각이었다. 이는 엄청나게 위험한 모험이었다. 각 금융 분야에는 미로 같은 복잡한 규제가 있었고, 온라인 기반 구조를 지원할 코딩 작업은 어마어마한 도전이 될 것이었기 때문이다. 그는 또한 세계 최대 은행으로부터 불어오는 맞바람을 뚫고 들어가야 했다. 하지만 머스크는 도전 앞에서 뒷걸음질 친 적이 한 번도 없었고 자기 돈을 투자금으로 사용하는 일도 꺼리지 않았다. 시작할 때 머스크는 새로 생긴 재산 중 1,250만 달러를 엑스닷컴에 넣었다(이 이상한 회사명에 대해 간략히 설명하겠다. 머스크는 엑스닷컴이 좁은 범위의 대상을 묘사하기보다 상상력을 자극하는 매력적이고 흥미로운 이름이라고 믿었다. 또한, 성장하는 주머니 크기의 소형 컴퓨터 시장에서 엑스닷컴이 작은 키보드로 입력하기에 쉽고 빠른 웹 주소라고 생각했다).

엑스닷컴이 자신이 잘 모르는 전문 분야까지 흘러 들어가고 있다는 사실을 인지한 머스크는 팀을 만들었다. 그는 공동 창립자로 2명의 캐나다 출신 금융 전문가인 해리 프리커Harry Fricker, 크리스토퍼 페인Christopher Payne과 Zip2의 전임 임원인 에드 호Ed Ho, 엔지니어 겸 코딩 전문가를 영입했다. 또한 다른 재능 있는 엔지니어, 변호사, 금융 전문가도 고용했다. 팀원 대부분은 머스크에게서 은행 업무를 처리하는 방식에 어떤 문제가 있고 그 문제를 어떻게 고칠 것인지에 대해 듣고 나서 이 고위험 벤처에 뛰어들기로 마음먹었다. 이 새로 구성된 팀은 힘을 모아 엑스닷컴을 쌓아 올리기 시작했다.

팀 전체가 행복한 의견 일치에 도달하지는 못했다. 이내 공동 창립자들 사이에서 긴장감이 맴돌았다. 그중에서 특히 머스크와 프리커가 큰 갈등을 빚었다. 프리커는 완전한 서비스를 제공하는 금융 기관을 개발하겠다는 머스크의 공개적인 약속이 그들이 실제로 간신히 생산해 내고 있는 것이나 마주한 문제의 현실과 맞지 않는다고 생각했다. 경영진의 관계가 틀어졌고 창립 5개월 뒤 프리커는 자신을 머스크 대신 CEO 자리에 올려 주지 않으면 나머지 팀원 대다수와 함께 회사를 떠나겠다는 강력한 요구를 했다. 위협에 온화하게 대처해 본 적이 없는 머스크는 엑스닷컴의 CEO 자리를 포기하지 않았다. 그러자 프리커는 결정했던 대로 에드 호를 포함한 다수의 엑스닷컴 팀원을 데리고 회사를 떠났다.

일론은 여전히 엑스닷컴을 소유하고 있었지만, 사실상 다시 만들어야 했다. 그는 의지가 꺾이거나 좌절하지 않고 이 일을 해냈다. 머스크는 더 많은 엔지니어와 전문가를 회사에 들어오라고 설득하면서 동시에 연방 예금 보험 공사FDIC로부터 주요 금융 분야에서 거래할 수 있는 중요한 규제적 허가와 보험을 확보했다. 그는 심지어 바클레이 은행Barclays Bank과 파트너십을 구축하는 데도 성공했다.

경영진이 불화를 겪은 지 몇 개월이 되지 않았는데도 엑스닷컴은 1999년 11월 24일에 영업을 시작했다. 회사의 대표는 시작 과정을 감독하기 위해 48시간을 쉬지 않고 일했다. 새롭게 등장한 서비스는 은행 업무의 세계를 확실히 휘저어 놓았다. 엑스닷컴은 자체 온라인 포털을 통해 사람 대 사람, 비즈니스 대 비즈니스, 고객 대 비즈니스 송금 서비스를 제공했다. 수표나 창구를 통한 송금 방식에서 획기적으로 변화한 비즈니스 모델이었다. 신규 가입자에게는 20달러어치의 현금 카드를, 각 신규 고객 추천에 대해서는 10달러 카드를 제공하며 공격적인 고객 모집 전략을 펼쳤다. 통장에 들어 있는 돈을 초과한 금액을 찾아도 불이익을 주지 않았다.

엑스닷컴은 승승장구하고 있었지만, 여전히 문제가 있었다. 특히 엑스닷컴의 투자자들은 머스크를 CEO 자리에 가만히 내버려 두지 않았다. 이는 회사의 신규 상장IPO, 처음으로 기업의 주식을 일반에 공개하는 일이 다가올수록 더 심해졌다. 이에 따라 1999년 12월 머스크는 지난 2년간 회계 및 세금 소프 트웨어 기업 인튜이트^{Intuit}의 이사였던 빌 해리스^{Bill Harris}에게 CEO의 자리를 넘겨줬다. 새로운 밀레니엄이 시작될 무렵 엑스닷컴에 거대한 경쟁자들이 나타났다. 그중 하나는 머스크와 마찬가지로 닷컴 기업가 정신의 세계에서 전설적인 인물이 되는 맥스 레브친^{Max Levchin}과 피터 틸^{Peter Thiel}이 1998년 12월에 설립한 금융 소프트웨어 기업 콘피니티^{Confinity}였다. 초기에 콘피니티(엑스닷컴으로부터 작은 사무실을 빌렸다)는 손에 쥘 수 있는 팜파일럿^{PalmPilot} 기기의 사용자 간 송금 시스템을 개발하는 데 집중했다. 하지만 창립자들은 미래에 팜파일럿 시스템에 제약이 있을 거란 사실을 빠르게 눈치채고 손쉬운 온라인 송금을 가능하게 해 주는 새로운 디지털 지갑 시스템 개발로 시선을 돌렸다. 그들은 이 서비스를 페이팔^{PayPal}이라고 불렀다.

페이팔은 강하게 활기를 띠었다. 특히 인터넷 소매업 분야에서 아마존^{Amazon}과 나란히 떠오르는 거인이었던 온라인 경매 사이트 이베이^{eBay}가 페이팔을 송금 수단으로 채택하면서 성장했다. 방향 전환을 고려하면 페이팔은 이제 엑스닷컴의 직접적인 경쟁자였고(페이팔은 머스크의 기업이 소유하고 있지 않은 새로운 사무실로 빠르게 이전했다) 이 둘은 일종의 상업적 전쟁을 계속 치르다가 2000년 3월 평화 협정이 시작되면서 화해했다. 두 기업은 합병에 대해 논의하기 시작했다. 이해가 되는 합병이었다. 페이팔은 성장하는 거대한 고객 데이터베이스를 가지고 있었고 엑스닷컴에는 현금이 더 많이 준비돼 있었다. 합병은 성사됐고 커진 새로운 기업(머스크가 최대 주주였으므로 엑스닷컴이라는 이름으로 운영됐다)은 주요 외부 투자 자금을 빠르게 확보하고 거대한 고객 데이터베이스와 함께 앞으로 나아갔다. 이 합병으로 해리스가 물러나고 머스크가 CEO 자리를 되찾았다.

실리콘 밸리에서 일어난 쿠데타

페이팔과 엑스닷컴의 합병은 Zip2와 시티서치가 이루었던 문제투성이 결합과 비슷한 점이 많았다. 두 기업은 매우 다른 문화와 상사, 기술에 대한 접근법을 가지고 있었으므로 하나의 조직으로 완전히 녹아들지 못했다. 특히 엔지니어와 경영진 사이에서 기술적인 논쟁이 심각하게 오갔다. 머스크는 마이크로소프트 소프트웨어와 더 가까운 노선을 택하고자 했던 반면, 페이팔 직원들은 오픈소스 리눅스Linux 시스템에 끌렸다. 웹 사용 불능이 잦아지는 등 기능적인 문제가 점점 많아졌으며 온라인 사기의 규모도 무시무시하게 늘어났다.

머스크 부부는 엑스닷컴이 전속력으로 달리고 있을 때 결혼했고 당시 일론은 너무 바빠서 신혼여행을 다녀오지 못했다. 겸사겸사 2000년 9월에 일론은 투자 유치 출장과 신혼여행을 겸하여 올림픽을 보러 오스트레일리아로 떠났다. 하지만 머스크는 비행기를 타면서도 자신이 자리를 비운 사이에 무슨 일이 터질 것 같다는 예감이 들었다. 아래는 머스크가 맥스 채프킨Max Chafkin과 나눈 인터뷰에서 직접 사건의 개요를 설명한 것이다.

사람들한테 큰 스트레스를 주는 중요한 일이 많이 일어

날 때는 사무실을 떠나면 안 되는 거 같아요. 투자 유치가 필요하기도 했고 제가 그해 초에 결혼식을 올렸는데 휴가나 신혼여행 같은 걸 전혀 못 다녀왔어요. 그러니까 그건 투자 유치 출장과 신혼여행을 겸한 여행이었어요. 어쨌든 저희는 2주 동안 해외에 나가 있었고 걱정하는 사람이 많았습니다. 이 일 때문에 경영진은 제가 기업을 경영하기에 적합하지 않은 인물이라는 결론을 내리게 됐죠. [중략] 강력하게 반박할 수도 있었겠지만, 이 중요한 시점에 싸우는 것보다 그냥 양보하는 편이 최선이라고 판단했어요. [중략] 저는 그들이 왜 그런 결정을 내렸는지 이해하고 있었습니다. 피터, 맥스, 데이비드, 나머지 직원은 대부분 경우에 올바른 동기를 가지고 움직이는 똑똑한 사람들이었으니까요. 그 사람들은 자신이 옳다고 생각하는 일을 한 거고 아마 타당한 이유가 있었을 거예요. 다만 제가 보기에는 그 이유가 적당하지 않았을 뿐이죠. 하지만 긍정적이었던 결과가 무엇이었는지 논쟁하기가 어려웠어요.

여기에 더할 수 있는 세부 내용이 있다. 오스트레일리아

출장 중 경영진의 쿠데타에 대해 알게 된 머스크는 시드니에 도착하자마자 다시 비행기를 타고 캘리포니아로 돌아갔다. 머스크의 이야기에 따르면 그는 레브친과 틸을 만났을 때 이성적으로 행동했고, 낙담하기는 했어도 이미 결정이 내려졌다는 사실을 받아들였다. 머스크는 자문 역할을 유지했지만, 틸이 주도권을 잡고 몇 주 뒤 엑스닷컴의 명칭을 페이팔로 다시 바꾼 것에서 드러나듯이 회사의 중심은 페이팔 쪽으로 기울었다.

(머스크가 신혼여행을 떠나려고 하는 것을 운명이 계속 가로막았던 듯하다. 그해 12월에 저스틴과 머스크는 다시 로맨틱한 휴가를 떠나기로 한다. 이번에는 브라질과 남아프리카 공화국을 2주 동안 여행할 계획이었다. 남아프리카 공화국의 사냥 금지 구역에 있는 동안 머스크는 특별히 위험한 유형의 말라리아에 걸렸다. 이 병은 그가 캘리포니아로 돌아왔을 때 정말 생명을 위협할 정도의 증상으로 발현됐다. 의사 여러 명이 그의 상태를 잘못 진단하다가 결국 한 의사가 문제를 밝혀냈다. 올바른 진단은 머스크의 생명을 구했지만, 머스크는 총 10일 동안 집중 관리를 받았으며 회복하기까지 반년이 걸렸다.[14])

머스크는 엑스닷컴/페이팔이 연 매출 약 2억 4,000만 달러를 내고 임직원 수백 명이 일하는 기업으로 구축하는 과정에 추진력을 가해 주었다. 2002년 2월 주가 13달러를 시작으로 신규 상장을 했고, 그날 거래의 종가는 20.09달러에 달하며 (페이팔이 실제로 1999년 3월과 2001년 말 사이에 2억 8,300만 달러를 잃었다고 밝힌 산업 분석에도 불구하고) 회사에 6,100만 달러가 넘는 매출을 안겨 주었다. 머스크는 여전히 회사의 최대 주주였지만 그는 더 큰 일을 앞두고 있었다. 2002년 7월에 당시 전자 상거래 업계의 진정한 일인자였던 이베이(2001년에 이베이는 업계에서 가장 큰 규모의 고객 사용자 기반을 갖추고 있었다)가 페이팔에 15억 달러라는 거대한 인수 금액을 제시했다. 이는 거절하기 어려운 좋은 제안이었다. 이 거래로부터 (지분이 11.72퍼센트였던) 머스크는 세후 기준으로 1억 8,000만 달러라는 개인적인 횡재를 얻을 수 있었다. 머스크에게 더는 회사에 대한 통제권이 없었지만, 더 큰 가능성을 실제로 열어 줄 재산

---

14) 애슐리 반스의 저서, 『일론 머스크(2015)』, 101쪽

이 있었다.

새로운 지평선을 향하여

이 책을 읽는 내내 일론 머스크의 부유함 및 이 행성에서 가장 돈이 많은 사람으로 살아가는 것이 어떤 의미인지 생각해 볼 기회가 있을 것이다. 극단적인 부는 미디어의 큰 관심을 끌어모으는 경향이 있다. 머스크는 이 주제, 특히 세금 납부 같은 주제에 대해 과도한 괴롭힘과 비난을 받아 왔다(주목할 사실이 하나 있다. 2021년 12월에 머스크는 그해 세금으로 110억 달러를 낼 예정이라고 설명했다. 이는 어떤 한 개인이 낸 세금으로는 기록적인 액수일 것이다). 한 유튜브 영상에서 머스크는 매우 부유한 개인에게 너무 과한 세금을 부과하는 일이 잘못된 생각일 수 있는 이유에 대해 깊이 고민한다. 이 생각은 세금이 정부에 의해 더 나은 방향으로 사용될 것이라는 가정을 기반으로 하기 때문이다.

예를 들어 특정 수준, 그러니까 누군가의 소비 능력을

넘어선 수준의 자산에 대해 생각해 봅시다. 어떤 지점에 도달하면 실질적으로 일어나는 건 자본 배분이라고 할 수 있죠. 그러니까 그건 사적인 지출에 사용되는 돈이 아니라 자본 배분인 겁니다. 그리고 뛰어난 자본 배분 능력을 드러낸 사람에게 자본 배분의 역할을 빼앗아 이 역할을 잘못 해 온 주체, 즉 정부에 주는 것은 말이 되지 않습니다. 제 말은, 정부란 근본적으로 극단적인 형태의 기업이라고 생각할 수 있다는 겁니다. 정부는 폭력을 독점하고 아무런 구제책이 없는 엄청나게 큰 기업일 뿐입니다. 그렇다면 그런 주체에 여러분은 돈을 얼마나 주고 싶으신가요?

억만장자의 부를 어마어마한 은행 잔액과 같은 것으로 생각하는 경향이 있다. 하지만 현실에서는 그 재산의 대부분이 준비된 현금이라기보다 주식과 자본의 가치로 존재한다. 머스크가 보기에 자신의 재산은 목적성 있는 효율적인 자본 분배를 할 기회였다. 하지만 정부는 애초에 자본 분배를 할 생각이 없거나 수많은 공공 프로젝트의 낭비와 비용 초과로 이 역할을 효율적으로 해내지 못할 것이었다.

발간된 이야기들과 머스크의 인터뷰를 몇 개 들어 보면

머스크가 엑스닷컴과 페이팔에 있었던 시간은 특히 두 기업 간 합병의 여파로 생긴 걱정 때문에 긴장감이 팽팽했던 시기였다. 여러 미디어 분석가가 이 문제를 자세히 파헤치면서 머스크에게 등을 돌렸고 머스크의 리더십 스타일과 그가 꿈꾼 야망의 실현 가능성에 의문을 품었으며 성격도 일정 부분 문제 삼았다. 어떤 면에서 머스크를 공격하는 행위가 하나의 트렌드로 자리 잡았다. 오늘날까지 미디어(소셜 미디어와 기존 언론 모두)와 인터넷 곳곳에는 머스크에 대한 욕설이 흘러넘친다(일부 극단에서는 비난에 앙갚음하려는 머스크의 의지가 더 지배적인 경우도 있다). 하지만 이러한 공격은 특출난 지능의 적용과 스스로 인지한 문제에 대한 노력으로만 일궈 낼 수 있는 결과, 다시 말해 머스크가 노력해서 달성한 순수한 업적을 보지 못하게 할 수 있다. 비록 머스크가 자신이 만들고 운영했던 온라인 은행에 대한 통제권을 잃어버렸지만, 그가 이 시기에 이룬 업적은 무시할 수가 없다. 일론 머스크는 수십만 명의 고객을 끌어모으며 온라인 은행 업계의 선두를 이끌고 주요 합병을 통해 성장한 금융 서비스 기업을 자기 돈으로 일궈 냈다. 이 합병 과정 중 머스크는 Zip2를 팔면서 개인적으로 축적했던 돈의 150퍼센트가 넘는 액수의 돈을 벌었다. 이베이가 페이팔을 인수했을 때 머스크가 31살밖에 되지 않았다는 점을 상기해 보자. 어떻게 보아도 놀라운 여정이었다.

하지만 성공을 향한 이 수직 상승을 판단력이 아니라 운이 좋았다고 여겨서는 안 된다. 애슐리 반스는 머스크와 나눈 인터뷰에서 머스크가 전통 모델을 뒤엎겠다는 바람을 절대 포기하지 않으면서도 혁신을 뒷받침하는 본질적인 논리를 쥐고 있었다는 점이 강력하게 와닿는다고 밝혔다. 모든 것은 충분히 계산된다. 도전에 아무리 큰 위험이 있더라도 '최선의 결과를 바라자'라는 구절은 머스크의 사전에 없는 듯하다. 다음은 인터뷰 내용을 정리한 것이다.

엑스닷컴에서 페이팔로 브랜드를 바꾼 일이 꼭 잘못된 움직임이었다고 할 수는 없지만, 만약 그가 (오스트레일리아행 비행기에 타고 있는 대신) 이사회와 대화할 수 있는 상황이었다면 적절한 시기가 아니라고 그들을 설득할 수 있었을 것이라 믿는다(그래도 그는 이사회가 가지고 있었던 정보로는 자신도 같은 결정을 내렸을지 모른다고 인정했다).

마이크로소프트 프로그래밍 도구로 갈아탔다면 코딩 프로세스에 상당한 효율성을 가져다 줬을 것이다. 특히 마이크로소프트에서 배포한 확장 지원 라이브러리가 큰 도움이 됐을 것이다.

"페이팔이 실제로 작동한 방식, 그리고 페이팔이 출시되기 전후에 등장한 다른 송금 시스템은 인기를 얻지 못했던 반면 페이팔은 성공할 수 있었던 요인을 이해하는 사람은 거의 없어요."[15]

머스크는 외부 자동 결제와 내부에서 처리된 거래가 속도와 효율성을 어떻게 높였는지, 그리고 내부 거래가 사기를 어떻게 방지했는지 자세히 설명했다. 고객의 거래가 페이팔 내부에서 계속 일어나게 하려고 추가 비용 없이 운용되는 페이팔 머니마켓펀드money market fund, 단기에 이자를 얻을 수 있는 금융 상품_옮긴이의 개발을 밀어붙였다.

---

15) 애슐리 반스의 저서, 『일론 머스크(2015)』, 406쪽

 Elon Musk @elon Musk
 13시간 전

2008년에 찍은 일론 머스크의 사진. 매우 어려 보이지만, 이때쯤 그는 이미 Zip2, 페이팔, 스페이스 엑스, 테슬라 등 수백만 달러의 가치를 지닌 다양한 기업을 창립 또는 공동 창립했다.

머스크가 사업가로 활동했던 첫 10년 동안의 행동과 처신에 어떤 해석을 적용하더라도 그가 디지털 혁명에 추진력을 제공했고 본능에 따라 혁신을 한계까지 최대한 밀어붙이는 사람이었다는 사실은 의심할 여지가 없다. 그의 다음 사업에서 나타났듯이 일론 머스크의 야망에는 한계가 없었다. 머스크의 다음 목표는 우주 사업이었다.

우리가 스페이스 엑스의 창립과 부흥에 관해 이야기하기에 앞서 머스크의 삶에도 업무적인 어려움 뿐 아니라 비극적인 개인사도 있었다는 사실을 집고 넘어가야 한다. 이베이가 페이팔을 인수하기 직전에 저스틴과 일론은 첫째 아들인 네바다 알렉산더 머스크^{Nevada Alexander Musk}를 낳았다. 10주 뒤에 일론과 저스틴은 아들이 아기 침대에서 숨을 쉬지 않는 모습을 발견했다. 응급 구조사들이 아이를 병원으로 급히 옮겼지만, 사흘 뒤에 생명 유지 장치가 꺼졌다. 네바다는 영아 돌연사 증후군^{SIDS}으로 사망했다.

머스크는 비공개적인 방식으로 애도했고 자신은 '공개적인 애도는 가치가 없다'고 생각하는 사람이라고 말했다.[16] 그는 일에 몰두했다. 이와 대조적으로 저스틴은 〈마리끌레르〉에 실린 글에서 첫 아이의 죽음이 어떻게 그녀를 '안쪽으로 파고드는 긴 나선형의 우울함'으로 몰아넣었는지 이야기했다.

부부는 아이를 더 낳으려는 노력을 시작한다. 저스틴은 네바다를 잃은 지 2달 만에 체외 수정 클리닉에 갔다고 말했다. 머스크에게는 총 5명의 아이가 생긴다. 2004년 4월에 쌍둥이 자비에르^{Xavier}와 그리핀^{Griffin}이 태어났고 2006년에 세 쌍둥이 카이^{Kai}, 색슨^{Saxon}, 다미안^{Damian}을 낳았다. 하지만 그들의 결혼 생활은 유지되지 못했다. 일론은 2008년에 이혼 소송을 제기했고 그 뒤 이어진 합의 과정은 길고 복잡했다. 대중은 당연히 이 화제에 큰 관심을 가졌다.

---

16) 애슐리 반스의 저서, 『일론 머스크(2015)』, 123쪽

PART 3

지구를 벗어난
다행성 종족이 되자

직접 로켓을
만들면 되잖아

ELON MUSK

스페이스 엑스의 도전

지금 이 시간에도 우리 머리의 약 160㎞~2,000㎞ 위에는 6,500개가 넘는 위성이 지구의 궤도를 돌고 있다. 이 중 대략 절반만이 활성화되어 있고 나머지는 사용하지 않는 우주 쓰레기다. 이 쓰레기는 소리 없이 지구를 거의 영원히 맴돌거나 지구 대기의 마찰로 미끄러져 들어가면서 결국 활활 타오른 뒤 사라질 운명이다. 전화 통화부터 날씨 예측까지 온갖 종류의 일을 가능하게 해 주는 '활성화된' 위성은 3,000~4,000개 정도 있는 셈이다. 머스크가 2002년에 창립한 스페이스 엑스는 월 단위로 이런 위성의 비중을 늘린다. 스페이스 엑스가 지구 궤도에 배치한 인터넷 접속 위성인 스타링크Starlink는 2022년 4월에 조회한 데이터에 의하면 최소 2,335개이고 그중 2,110개가 여전히 궤도 위에 있다.

일론 머스크의 공학적 모험주의 결과물은 이제 우리 행성 주위를 둘러싸고 있으며 멈추지 않을 것이다. 거의 몇 주에 한 번씩 스타링크 위성이 위성군에 추가된다. 임의로 날짜를 하나 뽑아 보자면 2022년 3월 9일에 팰컨 9호 로켓(이 로켓도 스페이스 엑스가 만들었다)이 위성 48개를 가지고 우주로 나갔다(위성은 개별적이 아니라 묶음으로 보내진다). 열흘 만인 3월 19일에 총 53번 중 41번째 위성 묶음이 위성군에 추가됐다. 여러 언론사의 보도에 따르면 궤도 안에 스타링크 12,000개를 배치하는 일은 물론이고, 미래에는 어쩌면 42,000개까지 늘려서 대기 위에서 제공되는 인터넷에 온 지구를 직접 접속시키는 일이 궁극적인 목표다

(이 글을 쓸 시점에 이미 28개국이 스타링크 시스템에 연결돼 있다).

이것만으로도 놀랍지만, 스타링크는 머스크의 스페이스 엑스 프로그램 중 하나일 뿐이다. 지난 20년 동안 머스크는 우주 산업의 본질과 우주 산업이 인류의 미래에 가져다줄 수 있는 것에 대한 기대를 변모시켰다. 스페이스 엑스는 인간과 탑재 화물을 우주로 실어 나를 팰컨 헤비 발사체와 팰컨 1호, 9호를 개발했고 작동하는 우주 로켓 엔진 4세대를 생산했으며 일부 재활용이 가능한 우주선인 드래곤 2호의 승무원용 버전과 화물용 버전을 만들었다. 심지어는 엄청난 무게를 감당할 수 있는 우주선인 스타십Starship을 설계하고 개발하고 있다. 이 완전 재활용이 가능한 우주선은 화성 개척에 사용될 수 있다.

위키피디아에 나열돼 있는 '스페이스 엑스의 업적'(2022년 4월 17일 기준)에는 '최초'라는 단어가 무더기로 쌓여 있고 다음 내용을 포함한다.

지구 주변 궤도에 도달한 최초의 민간 자본 액체 추진체

로켓, 우주선을 발사하여 궤도에 올리고 회수하는 데 성공한 최초의 민간 기업, 국제 우주 정거장에 우주선을 보낸 최초의 민간 기업, 궤도 로켓의 최초 수직 이륙 및 수직 추진 착륙, 궤도 로켓의 최초 재활용, 궤도와 국제 우주 정거장에 우주인을 보낸 최초의 민간 기업. 스페이스 엑스는 팰컨 9호 시리즈 로켓을 1백 번 넘게 발사했다.

'민간'이라는 단어가 반복된 이유에 주목해 보자. 스페이스 엑스의 역사와 프로그램은 우주 비행 분야에 대한 전문 경력이 전혀 없고 앞선 10년간 인터넷 기업을 만들어 온 야심 가득한 개인 엔지니어이자 사업가가 만든 결과물이라기보다 정부의 지원을 받은 우주 프로그램에 가까웠다. 머스크는 확실히 돈이 많았다. 하지만 이어진 발자취에서 머스크의 우주 부문 진출이 시간과 돈이 흘러넘치는 사람의 장난이라거나 그저 의미 없는 취미 생활이 아니었다는 사실이 분명해진다. 이 프로그램은 철저한 고민, 계획, 조사를 거쳐 실행되었다. 스페이스 엑스는 어쩌면 엄청난 문제를 논리와 과정으로 해결하는 머스크의 특별한 능력을 그가 벌인 다른 어떤 프로젝트보다 잘 보여 주는 것일지도 모른다.

왜 우주인가?

우리는 머스크와 인터뷰를 나눈 많은 사람이 질문했듯이 '왜 우주인가?'라는 질문으로 시작해야 한다. 이 질문은 단순한 호기심 어린 고찰이 아니다. 머스크가 새로운 밀레니엄이 시작될 때 부유하기는 했지만 그가 소유한 수백만 달러는 우주 비행과 탐사 비용 앞에서는 하찮은 액수일 수 있기 때문이다. 예를 들어 2012년에 미합중국 항공 우주국나사, NASA이 우주선 한 대를 발사하는 비용은 16.4억 달러였다. 개별 위성의 발사 비용은 발사체와 탑재 화물의 크기에 따라 1,000만 달러에서 4억 달러 사이였는데, 이는 위성 자체의 비용을 포함하지 않은 금액이었다. 일반적인 날씨 위성은 2억 9,000만 달러의 범위에 들었다. 따라서 우주 산업은 힘들게 번 수백만 달러를 쉽게 태워 버릴 수 있는 상업 분야다. 머스크는 텍사스주 댈러스에 자리한 빌

은행Beal Bank의 대표 앤드류 빌Andrew Beal이 1997년 창립한 빌 에어로스페이스Beal Aerospace 이야기를 잘 알고 있었을 것이다. 새로운 대형 발사체를 개발하려고 했던 빌은 개발과 시험에 수백만 달러를 지출하고 2000년에 회사 문을 닫았다.

그렇다면 다시 처음 질문으로 돌아가 보자. 왜 우주인가? 2013년 3월 18일 프랜시스 앤더튼Frances Anderton과 머스크가 테슬라 모터스에서 나눈 대화부터 살펴보자.

스페이스 엑스와 테슬라의 동기가 직접 연관되어 있지는 않지만, 저는 두 기업이 모두 중요한 문제를 해결하려 한다고 생각합니다. 테슬라의 경우 지속 가능한 운송 수단입니다. 우리[즉, 인류]는 전기 자동차 부문에서 충분한 발전을 이루어 내지 못하고 있었고 그 점에서 무엇인가 할 필요가 있었어요. 스페이스 엑스의 경우 저는 우리가 영감을 받을 만큼 흥미로운 미래를 맞이하려면…… 우주를 여행하는 문명이 되는 미래는 고무적이고 흥미진진하다고 생각해요. [중략] 제가 지구의 미래를 낙관적으로 보고 있다는 점을 분명히 하고 싶어요. 저는 우리가 여러 행성을 오가는 문명이 되기를 간절히 바라야 한다고 생각합니다.

머스크가 제시한 답은 공학적 실용주의와 공상 과학적 미래주의가 혼합된 것처럼 느껴진다. '무엇인가 할 필요가 있었다'라는 구절은 머스크의 인생에서 반복적으로 되뇌는 주문 같은 것이라고 할 수 있다. 머스크는 인간, 공학, 상업의 중요한 프로세스가 최적의 효율성에 미치지 못하는 수준으로 작동하는 모습을 보면 그것을 고치려는 의욕이 솟구치는 것 같다.

"우리는 왜 화성에 수백만 명이 거주하는 도시를 만들어야 하는 건가요?"라는 인터뷰 질문에 머스크가 열띠게 설명한 답변에는 핵심 철학이 될지도 모르는 내용이 들어 있다.

영감을 주는 미래가 있다는 사실이 중요합니다. [중략] 여러분이 아침에 일어나고 싶어 할 이유가 필요하죠. 왜 살고 싶은가요? 무슨 의미가 있나요? 무엇이 영감을 주나요? 미래의 어떤 것을 사랑하나요? 우리가 저 밖으로 나가지 않는다면…… 미래에 우리가 별 사이를 누비며 여러 행성을 여행하는 종이 되지 못한다면 저는…… 우리가 마주할 미래가 그런 미래가 아니라면 엄청나게 절망할 것입니다.

머스크는 탐험할 수 있는 모든 것을 탐험하고 혁신의 한계를 찾아내고자 하는 본능적인 욕구를 공유하지 못하는 사람이 있다는 사실을 믿지 못하는 것 같았다. 그는 이 생각에 현대 우주 탐사 역사의 주요 업적에 대한 평가를 덧붙인 뒤 이 역사를 수용하라는 분명한 메시지와 기술 발전을 추구하는 사람과 연결했다.

"기술이 그냥 저절로 발전한다고 판단하는 건 잘못된 생각입니다. 기술은 저절로 발전하지 않습니다. 기술은 많은 사람이 기술을 발전시키기 위해 열심히 일할 때 발전해요. 사실 그냥 두면 후퇴하죠."

머스크는 기술 발전이 스스로 이루어지리라 추정하기보다 열정적인 공학 기술 개발을 통해 기술이 지닌 불확실성에 대응하고 문명이 생존과 성장의 가능성을 최대한 활용할 수 있게 해야 한다는 입장을 지지한다.

머스크는 인류가 마주하고 있는 도전 과제에 대한, 그의 기술적 미래주의를 보강하는 매우 명확한 논리적 감각을 지니고 있기도 하다. 다른 대화에서 그는 멸종 위기와 인구 축소와 같은 현상의 희생양이 될 수 있는 인류의 근본적인 취약성을 설명한다. 머스크는 쓸데없이 세상에 소란을 일으키거나 근거 없는 믿음을 전파하지 않고 인류가 맞이할 수 있는 종말을 수학적이고 통계적인 논리에 따른 이성적 가능성, 심지어는 확실성을 가지고 설명한다. 우리가 우주로 나가야 하는 근본 이유는 그렇게 하지 않고 지구 모양의 바구니에 달걀을 모두 넣었을 때 위험이 너무 크기 때문이다.

머스크를 우주로 나아가게 만든 또 다른 이유가 있다. 새로운 프로젝트를 시작할 차례였기도 했고 우주는 머스크를 특별하게 끌어당기는 힘이 있는 것 같았다. 머스크의 친구와 동료는 그가 우주 비행과 곧 진입하려고 하는 산업에 대한 법칙, 기술, 데이터를 머릿속에 내려받으면서 이 주제에 관해 집중적으로 읽고 이야기하고 있다는 사실을 알아챘다.

1980년대까지 미국에서 우주 비행은 여전히 정부가 독점한 산업이었지만, 1984년 제정된 상업적 우주 발사법이 다음 내용을 나사의 강령에 추가하게 했다.

'상업적 우주 발사법-의회는 미국의 공공복지를 위해 행정부에서 가능한 최대 범위까지 우주의 상업적 사용을 허용하고 권장할 것을 선언한다.'

이것은 1980년대와 1990년대, 2000년대 초반 우주 산업에 대한 미국의 진보적인 규제 완화의 시작이었다. 발사 서비스 구매법(1990)과 상업적 우주법(1998) 같은 법의 제정은 민간 서비스의 우주 프로그램 진입을 격려했고, 탑재 화물 우주 수송에 대한 나사 우주 왕복선Space Shuttle의 독점을 깨뜨렸다. 머스크가 스페이스 엑스를 이미 창립했던 시기인 2004년에 상업 우주 발사 개정법이 제정되면서 민간 우주 비행에 파란불이 들어왔다. Zip2와 페이팔 때처럼 머스크는 역사적인 순간이 마련한 기회를 포착했다.

Elon Musk @elon Musk
19시간 전

2004년 3월에 일론 머스크가 스페이스 엑스에 관한 초기 구상을 보여 주고 있다.
머스크는 불과 몇 년 만에 로켓 과학의 법칙과 관행을 실제로 활용할 수 있는 수준
까지 혼자 학습했다.

우주적인 미션과
비전을 가져라

ELON MUSK

우주 사업의 미래, 소형 로켓

우주 탐사에 관한 일론 머스크의 초기 비전은 상상을 초월할 정도로 야심 찼다. 그는 빨간 화성 땅에 인간 발자국을 남기기까지 수많은 조사와 탐사 단계가 필요하다는 사실을 알았음에도 화성을 식민지화하는 아이디어에 몰두했다. 그는 과학자, 항공 우주 엔지니어, 때때로 우주에 열광하는 유명인(영화감독 제임스 카메론James Cameron도 이 단체의 회원이었다)이 한데 모여 화성과 관련된 온갖 주제를 논의하는 비영리 단체 마스 소사이어티^{Mars Society} 모임에 참석하기 시작했다. 머스크는 자신의 아이디어와 어울리는 장소를 찾았고 이 단체는 프로젝트에 돈을 댈 준비가 된 부유한 후원자를 얻었다. 곧 머스크는 마스 소사이어티의 이사회에 들어갔다. 아이디어가 구체화되고 연락처 목록이 길어질수록 아이디어를 생각 풍선 너머로 옮겨야 했다. 이에 머스크는 마스 소사이어티에서 물러나 화성 이주 재단^{Life to Mars Foundation}을 설립했다. 화성 이주 재단은 화성으로 가는 텅 빈 길 위에 첫걸음을 내디디고 그 길을 정의하는 것이 목표인 최고 전문가로 가득찬 싱크탱크^{think tank} 겸 프로젝트 그룹이었다.

스페이스레프닷컴^{Spaceref.com}은 2011년 9월 재단의 활동을 보고하면서 재단 설립을 축하했고 재단 프로그램 몇 가지의 개요를 설명했다.

"내 말을 실현해 주는 사람이 있다. 닷컴 사업가 일론 머스크는 화성에서의 영구 정착을 '중대한 시기에 인류를 통합시킬 수 있는 긍정적이고, 고무적이고, 영감을 주는 목표'라고 설명하면서 개인 재산의 큰 부분을 그 목표를 실현하는 데 사용하겠다고 약속했다. 우선 2005년에 발사될 수도 있는 2,000만 달러 예산의 기술 시범용 화성 착륙선부터 시작한다."

화성 탐험에 관한 머스크의 아이디어는 두 가지 주요 갈래로 굳어졌다. 이 두 갈래는 어떤 관점에서 보느냐에 따라 모험적이거나 괴짜답다고 여길 수 있다. 첫째로 머스크는 예비 조사 차원에서 쥐를 화성으로 보냈다가 돌아오게 하고 싶었다. 둘째로는 화성 지형에 로봇 온실을 설치하는 '화성 오아시스'에 관한 아이디어였다. 온실은 미래에 화성에 거주하게 될 인류를 위한 기본 농업 시스템을 구축할 수 있을지 시험할 뿐 아니라 화성 대기 안에 산소를 생성하는 용도로 식물을 재배하는 데 사용될 것이다.

하지만 현실은 완전히 다른 문제였다. 과학자들과 항공우주 엔지니어들은 일론의 2,000~3,000만 달러라는 예산 한도를 우려했다. 그들의 경험에 의하면 이 예산은 아무리 작은 우주 프로그램이라고 해도 눈 깜짝할 사이에 사라질 수 있는 액수였기 때문이다.

머스크에게 가장 급한 우선순위는 저렴한 로켓을 확보하는 일이었고 이 문제를 해결하기 위해 그는 러시아로 눈을 돌렸다. 구체적으로 말하자면 머스크는 바로 구매할 수 있는 감당 가능한 비용의 러시아 대륙간탄도미사일ICBM을 구매한 뒤 우주 비행에 적합하게 개조해야겠다고 생각했다.

2001년 가을에 머스크는 미사일을 구매하기 위해 러시아로 출장을 떠났다. 우주 공학 전문가 짐 캔트렐Jim Cantrell과 머스크의 대학교 친구이자 수백만 달러를 스스로 일궈낸 성공한 기업가 아데오 레시Adeo Ressi가 동행했다. 이 출장은 머스크에게 불편하고 불만족스러운 경험이었다. 러시아 측 대표들은 머스크의 제안을 진지하게 받아들이기보다 머스크와 한 미팅을 보드카 샷의 안줏거리에 가깝게 생각했다. 머스크의 팀은 2002년 2월에 러시아로 다시 떠났다. 이번에는 이전에 인큐텔In-Q-Tel, CIA에서 지원하는 벤처 캐피털 기업, 나사의 제트 추진 연구소JPL, 항공 우주 기업 오비탈 사이언스Orbital Sciences에서 일했던 마이크 그리핀Mike Griffin을 데리고 갔다. 협상은 이전과 비슷하게 마구잡이로 이루어졌지만, 러시아 딜러가 제시한 가격은 머스크가 원했던 가격보다 훨씬 비쌌다. 그들은 미사일 한 대당 800만 달러를 요구했지만, 머스크는 그 가격에 두 대를 원했다. 미국 팀은 결국 텅 빈 장바구니를 들고 귀국하는 비행기에 올라탔다.

그 순간 머스크의 우주를 향한 여정의 역사에 한 획을 긋는 일이 일어났다. 의기소침해진 팀 구성원들은 돌아오는 비행기에 앉아서 각자 생각에 잠겨 있었다. 몇 명은 술잔 쪽으로 손을 뻗기도 했다. 하지만 머스크는 혼자 노트북 앞에 구부정하게 앉아서 빠른 속도로 키보드를 세게 두드리며 스프레드시트에 무엇인가를 적어 넣었다. 꽤 오랜 시간 동안 키보드를 두드리다가 마침내 팀원들이 있는 쪽으로 몸을 돌리며 로켓의 공급과 비용 문제를 해결할 방법을 찾았다고 말했다.

"우리가 이 로켓을 직접 만들 수 있을 것 같아요."[17]

머스크의 말은 믿기 어려운 주장이었고 처음에는 다수의 팀원이 머스크가 가진 거대한 금전적 자원을 모조리 날려 버리기 딱 좋은 환상이라고 여겼다. 하지만 머스크가

---

17) 애슐리 반스의 저서, 『일론 머스크(2015)』, 107쪽

돌아가면서 노트북을 보여 주자 조용했던 분위기가 관심으로 바뀌었다. 머스크는 스프레드시트에 정확성과 방대한 지식을 가지고 그의 우주 회사가 자체 발전소를 생산하는 데 필요한 관련 비용과 재료를 구체적으로 설계했으며 자신의 비전도 수정했다. 비록 잠시지만 화성에 도달하겠다는 야망은 미뤄 둘 것이다. 대신 그는 나사와 주요 국제 우주 기관에서 전통적으로 다뤄 온 최고가의 대형 발사체가 아니라 우주 사업의 미래를 정의하는 작은 위성과 탑재 화물의 개발에 특별히 집중할 것이다. 그 과정에서 머스크는 우주 비행을 더 저렴하고 효율적인 것으로 만들고 싶었다. 뒷날 직원들에게 설명한 대로 '우주의 사우스웨스트 항공사'가 되어서 국방부, 나사, 거대 통신사 같은 고객에게 그들이 지금 지출하는 비용의 몇 분의 일 가격으로 서비스를 제공하고자 했다. 독학한 열혈 팬이 지나가는 말로 할 법한 황망한 이야기를 실질적인 데이터와 방법으로 증명했다는 사실에 비행기에 있었던 사람들은 충격을 받았다. 머스크에게 반박하려는 사람이 있었다면 그는 일반론이 아닌 확실한 사실과 자세히 기술한 세부 내용을 가지고 덤벼야 했다.

로켓에 미친 사람들이 모이다

　스페이스 엑스라는 줄임말로 더 잘 알려진 우주 탐사 기술 기업Space Exploration Technologies Corp.은 2002년 3월 14일에 설립됐다. 머스크는 자신의 주위에 작지만 천천히 규모를 키워 나갈 팀을 꾸리기 시작했다. 이 팀의 주요 인물 중에는 15년간 항공 우주 대기업인 TRW Inc.에서 근무하며 뛰어난 로켓 엔지니어이자 로켓 엔진 디자이너로서 일생을 살아온 톰 뮤엘러Tom Mueller가 있었다. 뮤엘러는 스페이스 엑스의 창립에 기여한 일원으로서 드래곤 우주선의 고도 제어 반동 추진 엔진은 물론 여러 스페이스 엑스 발사체 시리즈의 액체 연료 로켓 엔진 개발 책임을 짊어지고 있었다. 서서히 합류한 다른 사람들은 머스크의 틀에 완벽하게 맞아떨어졌다. 대부분 젊었던 이들은 혁신 정신을 확실히 보여 주며 열심히 일했다. 그들은 다양한 기업 환경의 타성과 전통으로부터 해방되어 늘 새로운 최첨단의 무엇인가를 가지고 작업하는 것에 열의를 불태웠다. 머스크는 채용을 개인적으로 감독했다. 그는 당황한 엔지니어에게 직접 찾아가거나 전화를 걸었다. 전화를 받은 이들은 우주에 가려고 하는 수백만 달러의 소유자가 뜬금없이 전화를 걸 가능성이 없다고 생각했기 때문에 장난 전화라고 생각하기도 했다. 수년 동안 그들은 요구 사항이 말도 안 되게 많은 상사와 발을 맞추기 위해 모든 에너지와 아이디어를 끌어모아야 했다. 주 60시간, 80시간, 100시간 동안 일하는 것은 드문 일이 아니었다. 하지만 자신이 지닌 공학적 재능의 최대치를 탐험할 자유가 주어진 채 짜릿한 임무에 참여한 이 초창기 팀원들의 이야기는 임무를 짊어진 열의와 단결심을 떠오르게 한다.

초창기 스페이스 엑스에서는 즉흥성이 뚜렷하게 느껴진다. 회사는 로스앤젤레스 엘세건도에 있는 커다란 산업 단지에 설립됐다. 이 공간은 책상, 컴퓨터, 작업실, 공학 장비로 빠르게 채워졌다. 엔지니어 팀은 다양한 엔진 실험을 하기 위해 멀리 떨어진 곳에 있는 시험 시설에 나가기도 했다.

스페이스 엑스는 텍사스주 맥그레거에 자사 소유의 121헥

타르 크기의 로켓 개발 및 시험 시설을 구매했다. 이전에 빌 에어로스페이스가 사용했던 부지인데, 편리하게도 값비싼 엔진 시험 기반 시설을 몇 개 두고 갔다. 스페이스 엑스 엔지니어들은 캘리포니아주와 텍사스주를 자주 오가게 됐다(가끔 머스크는 이동 시간을 줄일 수 있도록 자신의 전용기를 직원에게 내주기도 했다).

스페이스 엑스 앞에 놓인 첫 프로그램은 우주 산업 표준에 의하면 환상적으로 빡빡하고 야심 찬 도전이었다. 핵심 목표는 팰컨 1호 로켓(〈스타워즈〉의 우주선인 밀레니엄 팰컨 Millenium Falcon을 애정을 담아 참고했다)을 개발하는 것이었다. 이 로켓은 현재 시장의 일반적인 탑재 화물 발사 비용의 몇 분의 일인 690만 달러로 635kg의 탑재 화물을 들어 올릴 수 있는 소형 발사체였다. 참고로 1970년과 2000년 사이에 탑재 화물 1kg을 우주로 발사하는 데 드는 평균 비용은 18,500달러였다. 팰컨 1호 모델을 기준으로 보면 1kg의 탑재 화물을 단돈 4,928달러로 들어 올릴 수 있게 된 셈이었다. 머스크가 잡은 일정은 머리카락을 새하얗게 변하게 할 만큼 촉박했다. 회사가 창립되고 15개월밖에 지나지 않은 시점에 팰컨 1호를 발사하겠다고 약속했다. 이 계획에는 엔진 설계와 구축, 로켓 몸체 구성과 발사대 시설 개발이 포함됐고 관련된 모든 규제 서류 작업을 마치고 허가를 받는 것까지도 포함되었다.

머스크는 스페이스 엑스를 위해 온몸을 던졌다. 수석 엔지니어 역할을 맡은 그는 관찰하고, 분석하고, 질문하며 작업 공간과 시험 구역에 머물렀다. 할 일을 끝마치기 위해 엔지니어들 곁에서 손수 작업에 참여하면서 좋은 옷을 더럽히기도 했다. 머스크는 어쩔 수 없이 생기는 차질을 평정심 있게 받아들이며 팀이 패배주의에 오래 젖어 있지 않고 배움을 얻은 다음 계속 움직일 수 있도록 했다. 하지만 그는 목표를 달성하기 위해 계속 무겁게 압박을 가했고 분명하지 않은 생각을 허락하지 않았다. 전임 보잉 항공 우주 엔지니어인 제러미 홀먼 Jeremy Hollman은 부품이 다시 가동될 수 있는 시점을 묻는 머스크의 질문에 즉시 답하지 못했다. 머스크는 망설이는 홀먼에게 사납게 달려들며 이렇게 말했다.

"당연히 알아야죠. 이건 회사에 중요해요. 여기에 모든 것이 달렸습니다. 도대체 왜 답을 못 하는 겁니까?"

홀먼은 그 이후로 늘 정보를 확실히 준비해 두는 데 집중했다.[18]

머스크는 이 시기에 자신이 받았던 압박을 고려하여 (2004년 2월 머스크가 테슬라의 최대 주주이자 회장이 되었다) 뛰어난 비서 메리 베스 브라운Mary Beth Brown을 고용한다. 브라운은 머스크의 시간과 에너지를 조금 나누어 달라는 사람들과 머스크 사이에서 문지기 역할을 했다. 브라운은 머스크가 스페이스 엑스의 업무를 관리하는 방식에 중추 역할을 했다.

스페이스 엑스의 첫 몇 년 동안 팰컨 1호를 위한 멀린Merlin과 케스트렐Kestrel 엔진 타입을 개발하는데 많은 시간을 소비했다. 우주선 리프트 엔진spacecraft lift engine, 우주선을 위로 들어 올리는 용도로 사용되는 양력 전용 엔진_옮긴이은 오랜 시간 동안 막대하면서도 안정적인 추진력을 전달해야 하지만 엔진이 지닌 물리적 특성 때문에 개발 단계에서 폭발하기에 딱 좋았다. 스페이스

---

18) 애슐리 반스의 저서, 『일론 머스크(2015)』, 132쪽

엑스도 비슷한 경험을 했고 시험 사이클은 좌절됐다가 다시 시작하는 것이 반복되었다. 팰컨 1호가 개발 중인 유일한 프로젝트는 아니었다. 머지않아 스페이스 엑스는 중간급 양력을 지닌 팰컨 5호 발사체 작업을 시작했다. 2005년이 되었을 때 팰컨 5호는 1단계에서 9개의 멀린 엔진으로부터 얻은 힘으로 22,800kg까지 궤도에 올릴 수 있는, 재사용 가능한 팰컨 9호 중형 발사체로 대체되었다(팰컨 1호처럼 두 단계로 이루어진 로켓이었다). 저지구 궤도^{low Earth orbit}로 2톤까지 올려 보낼 수 있는 3단 팰컨 9호 헤비 발사체도 2005년에 구상 단계에 들어갔다.

스페이스 엑스는 '수직 통합'의 원칙을 사용하면서 최대한 많은 생산 및 개발 과정을 외부 계약자에게 맡기기보다 회사 기반 시설 안에 남겨 두었다. 전통 우주 개발 프로그램에서 개발 과정을 외부 인력에 과하게 의존했던 행위가 비용 초과의 주원인이기 때문이다. 비용을 감축하고 개발속도를 높이기 위해 엔지니어에게 최대한 많은 규격 부품을 사용하도록 권장했다. 예를 들어 드래곤 우주선과 팰컨 9호 발사체의 후기 생산 과정에서 스페이스 엑스 엔지니

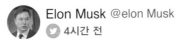

Elon Musk @elon Musk
 4시간 전

2006년 마스 소사이어티 회의에서 스페이스 엑스의 일론 머스크가 팰컨 9호 발사
체와 드래곤 유인 우주선에 대한 세부 사항을 설명하고 있다. 2000년대 초반 마스
소사이어티에서 머스크는 실질적인 우주 탐사에 관한 자신의 관심을 공개적으로
이야기하기 시작했다.

어는 항공 전자 플랫폼을 처음부터 독자적으로 만들었다. 보통 우주 항공 전자 시스템을 생산하는 데 약 1,000만 달러가 들지만, 스페이스 엑스 엔지니어는 1만 달러밖에 사용하지 않았다. 스페이스 엑스가 외부 계약자를 고용할 때면 머스크가 송곳처럼 날카로운 눈으로 그들을 감시했다. 가끔 일과 시간이 아닌 때에 미리 알리지 않고 비행기를 타고 멀리 날아가서 계약자가 마감일을 맞추기 위해 최선을 다해 일하지 않는 모습을 발견하면 화를 냈다.

생존의 위기를 넘어서다

2006년 12월, 개발 비용이 약 9,000만~1억 달러 정도 지출됐을 때쯤 팰컨 1호가 드디어 발사 준비를 마쳤다(2005년 12월 19일이 목표였던 이전 발사는 결함 있는 엔진 밸브 때문에 취소됐다). 다방면으로 압박이 가해졌다. 로켓은 기술적이고 실질적인 난관으로 인해 원래 발표했던 일정보다 훨씬 발사가 지연되고 있었으며, 로켓을 기다리고 있는 고객은 많았다.

첫 두 번의 팰컨 1호 발사는 새로운 발사체에 대한 평가 프로그램으로서 미국 공군과 국방 첨단 과학 기술 연구소 DARPA가 자금을 댔다. 스페이스 엑스는 미국 해군 연구소NRL가 제작한 실험적 위성인 TacSat-1을 배치하는 1,500만 달러짜리 계약을 의뢰받았다(TacSat-1은 팰컨 1호의 여섯 번째 발사에 탑재되어 궤도에 진입하는 것이 목표였지만, 팰컨 1호 프로그램이 지연되고 후속작이었던 TacSat-2가 2006년 12월 16일 오비탈 사이언스Orbital Sciences의 미노타우로스 1호를 타고 발사되는 데 성공하면서 이 계약은 취소됐다). 스페이스 엑스에서 언론에 전달한 '2005년 6~9월 업데이트' 목록에는 미래의 팰컨 1호와 팰컨 9호 발사에 탑재할 고객 적하 목록이 나열돼 있었다. 이 목록에는 미국 국방부, 미국 정부, 말레이시아의 우주 비행 기술 기업 ATSB, 비글로 에어로스페이스Bigelow Aerospace, MDA, 스웨덴 우주 기업, 미국 공군이 포함됐다.

저희는 확실히 하기 위해 발사의 모든 비용을 반영하도록 가격 정책을 변경했습니다. 발사 거리와 제3자 보험 비용이 수백만 달러에 달한다고 생각하는 사람들이 있었습니다. 정말 복잡한 우주선을 소유하고 있거나 외부 임무 보장 절차를 요구하지 않는 이상 이제 모든 것이 포함돼 있습니다. 그리고 이 가격은 저희가 2002년 이후 책정했던 가격 그대로입니다. 발사체 한 대에 590만 달러이고 발사 거리와 제3자 보험, 탑재 화물 집적 비용으로 80만 달러가 추가됩니다.

팰컨 1호는 2006년 3월 23일 오후 10시 30분에 마셜 제도 오멜렉 섬의 발사장에서 첫 임무를 수행하기 위해 우렁차게 날아올랐다. 하지만 비행을 시작한 지 33초 만에 엔진 고장이 생겼고 로켓은 사라졌다. 이 사고는 스페이스 엑스 실무 팀에게 엄청난 충격을 줬지만, 팀원들은 즉시 문제를 확인하고 해결하기 위해 조사를 시작했다. 팰컨 1호의 두 번째 비행 일정은 2007년 1월로 잡혔지만, 기술 문제 때문에 발사가 여러 번 지연됐다. 그 뒤 2007년 3월 21일 그리니치 표준시^{GMT} 오전 1시 10분에 미국 국방 고등 연구 계획국^{DARPA}과 나사의 데모샛^{DemoSat, 시험에 사용되는 표준 위성} 탑재 화물을 싣고 발사됐다. 이번에 로켓은 289㎞의 고도에 들어섰지만, 이후 비행 안정성 및 2단계 엔진이 작동을 멈추는 문제를 겪으며 궤도 진입에 필요한 속도에 도달하는 데 실패했다. 스페이스 엑스는 이번 비행으로 로켓 시스템의 95퍼센트를 비행을 통해 증명했다는 사실을 공개적으로 축하했지만, 여전히 목표했던 성공에는 미치지 못했다. 2008년 8월 3일에 팰컨 1호가 세 번째 임무에 도전했다. 결과는 다시 한번 실망스러웠다. 로켓의 1단과 2단이 분리되는 과정에서 충돌하면서 로켓은 궤도에 도달하지 못했다.

팰컨 1호의 첫 세 번의 임무 실패는 스페이스 엑스 직원에게 충격을 안겨 주었으며 사기를 곤두박질치게 했다. 스트레스에 뛰어난 내성이 있는 머스크도 우주에 가려고 하면서 겪는 고초 때문에 감정적으로 괴로워하는 것이 분명했다. 그는 '악몽에 시달리다가 육체적인 고통을 느끼고 소리를 지르면서 잠에서 깨어났다'고 한다.[19] 하지만 스페이스 엑스에서 머스크에게 일어난 문제는 더 넓은 범위에서 연속적으로 일어난 정신적 고통의 일부일 뿐이었다.

---

19) 베르거(2021), 216쪽

2008년 여름, 세계는 대공황 이후 최악의 글로벌 금융 위기 속에 깊숙이 빠져 있었다. 은행과 대출 중개업자는 무너져 내리고 있었고 투자 포트폴리오의 가치는 폭락했으며 수백만 명이 직장을 잃었다. 이런 소란의 한가운데서 머스크는 지금까지 자신의 돈 1억 달러를 불태워 버린 스페이스 엑스뿐 아니라 역시 주저앉아 있는 또 다른 주요 사업인 테슬라를 경영하고 있었다.

기업과 기술적인 문제에 더해 2008년은 머스크에게 개인적으로 힘겨웠던 해였다. 그는 전 세계 미디어의 카메라가 돌아가고 플래시가 터지는 곳에서 유명하고 부유한 사람들과 가까이 어울리며 사업가로서의 명성과 함께 세계적인 유명인의 지위를 누리고 있었다. 2008년은 그가 이혼을 한 해였고, 이혼과 함께 모든 관심이 머스크에게 밀려들었다. 그는 영국인 배우 탈룰라 라일리 Talulah Riley와 새로운 연애를 시작했는데, 이는 대중의 관심을 집중시켰다 (이 커플은 2010년 스코틀랜드에서 결혼한다). 전 세계 언론 역시 머스크가 겪는 어려움에 기뻐하고 그에게 더 큰 성공을 할 자격이 있는가에 대해 의문을 품으며 머스크를 힘들게 하고 있었다. 머스크는 증명해 보일 것이 많았고 심리적으로도 살아남아야 했다.

2014년 3월 30일 CBS 뉴스 〈60분〉 프로그램에서 스콧 펠리^{Scott Pelley}와 인터뷰를 하며 머스크는 2008년이 분명히 인생에서 최악이었던 해라고 털어놓았다.

"2008년 크리스마스 전날 일요일에 일어나서 혼자서 이렇게 생각했던 게 기억나요. '와, 내가 신경 쇠약에 걸릴 수 있는 사람이라곤 상상조차 못 했어.' 이 정도로 신경 쇠약에 걸릴 뻔한 건 처음이었어요. 그때는 정말…… 앞이 캄캄했거든요."

오래 기다려 온 희망의 불빛은 2008년 9월 28일에 나타났다. 팰컨 1호가 계획했던 대로 무게 165kg인 탑재 화물 모형을 싣고 궤도에 들어서며 발사와 임무에 처음으로 성공한 것이다. 민간 우주 비즈니스의 첫발을 내디딘 역사적인 사건이었다. 지금 우리에게 익숙한 우주 비행을 떠올리며 당시 머스크와 스페이스 엑스 팀이 달성한 영광을 별것 아니라고 생각해서는 안 된다. 그 당시에는 미국, 러시아, 중국 같은 거대한 국가가 지원한 우주 프로그램만이 우주선을 발사하고 궤도에 올린 뒤 다시 회수하는 데 성공했다. 그런데 우주 비행 학위도 없고 프로젝트 비용을 대부분 자기 돈으로 지원한 경영자의 한 민간 회사가 같은 성과를 이뤄 낸 것이다. 머스크는 프로그램의 기술 개발에서도 중추 역할을 했다. 실제로 이후 인터뷰에서 그가 성공만큼 임무 실패에도 기여한 바가 크다고 솔직하게 말했다.

제가 수석 엔지니어나 수석 디자이너의 자리에 오르게 된 이유는 제가 원해서 그런 게 아니라 고용할 만한 사람이 없었기 때문입니다. 괜찮은 인물 중 저희 프로젝트에 참여하려는 사람이 없더라고요. 그래서 그냥 자연스럽게 그 자리에 들어가게 됐죠. 저는 첫 세 번의 발사를 망쳤어요. 처음 세 번의 발사는 실패했죠. 다행히 제가 팰컨 1호에 쓸 수 있는 마지막 자금으로 진행했던 네 번째 발사는 성공했어요. 네 번째도 실패했다면 스페이스 엑스는 끝났을 거예요.

팰컨 1호의 네 번째 발사가 성공하며 머스크와 그의 특출난 팀원은 모두 승리의 눈물을 흘렸다. 하지만 재정 문제가 남아 있었다. 재정난은 오히려 더 심각해졌다. 테슬라와 스페이스 엑스에서는 돈이 말 그대로 메말라 가고 있었다. 머스크는 그의 사업 경력 중 가장 힘들었던 결정을 내려야 했다. 그는 이런 진퇴양난의 상황을 2018년 3월 SXSW와 나눈 인터뷰에서 다음과 같이 설명했다.

2008년은 잔혹했습니다. 2008년에 스페이스 엑스 팰컨 1호 로켓이 세 번 연속으로 실패했죠. 테슬라는 거의 파산 직전이었고요. 저희는 투자 유치를 2008년 크리스마스이브 오후 6시에 끝냈어요. 투자 유치가 가능했던 마지막 날의 마지막 시간에 해낸 거죠. 그렇게 하지 못했다면 저희는 크리스마스 이틀 뒤에 파산했을 겁니다. 그리고 저는 이혼을 했어요. 엄청 힘들었죠. [중략] 스페이스 엑스는 가까스로 살아남았고 테슬라도 마찬가지였어요. 만약 일이 아주 조금이라도 틀어졌다면 두 회사 모두 망했을 거예요. 2008년에 저는 인생에서 가장 어려웠던 결정을 해야 했어요. 그해에 저한테는 3,000만 달러에서 4,000만 달러 정도의 돈이 있었습니다. 저에게는 두 가지 선택지가 있었어요. 그 돈을 한 회사에 몽땅 넣고 나머지 회사는 망하게 내버려 두거나 두 회사에 나눠서 넣을 수도 있었죠. 하지만 두 회사에 돈을 나눠서 넣으면 둘 다 망할 수도 있었어요. 우리가 피, 땀, 눈물을 들여서 무엇인가를 만들거나 세운다면 그건 마치 자식과 비슷해요. 어떤 쪽을 선택했을까요? 한 아이를 굶어 죽게 내버려 둘까요? 저는 그런 선택을 내릴 수가 없었어요. 그래서 두 회사에 돈을 나눠서 넣었죠.

결정을 내리고 나서 머스크는 재정적으로 생존하기 위해 분투해야 했다. 그가 구할 수 있는 모든 출처로부터 자금을 모으기 위해 신속하게 움직였다. 앞서 언급한 대로 테슬라는 회사에 돈이 완전히 마르기 직전에, 말 그대로 회사가 망하기 몇 시간 전에 살려 냈다. 스페이스 엑스 역시 2008년 12월 23일에 나사와 상업 재공급 서비스^{CRS} 계약을 체결하며 최후의 순간에 가까스로 살아났다. 나사는 계약이 서명된 시점으로부터 2016년까지 국제 우주 정거장^{ISS}에 12번 화물 수송 임무를 수행하는 서비스에 대한 비용으로 16억 달러를 스페이스 엑스에 지원했다.

스페이스 엑스는 이후 수년에 걸쳐 재정적인 전투를 치

렀지만 일단 죽음은 면할 수 있었다. 더 나아가 회사의 능력을 증명할 시험장이자 더 많은 상업적 작업을 하기 위한 초석 역할을 해 줄 중요한 정부 계약을 확보했다. 머스크는 최악의 경제 침체 한가운데에서 두 회사를 실패의 벼랑 끝에서 살려 내는 상업적 지능과 끈기를 보여 주며 자신을 의심했던 사람들에게 많은 것을 증명해 보였다.

스페이스 엑스의 승리

회사가 벼랑 끝에 불안하게 서 있던 해로부터 10년 뒤인 2018년에 스페이스 엑스는 발사 매출로 전체 글로벌 우주 산업 매출의 사분의 일인 약 20억 달러를 벌었고 520억 달러의 가치를 지니고 있다는 평가를 받았다. 2021년 10월에는 회사 가치가 1000억 달러를 찍고 진정한 탈출 속도^{escape}

velocity, 지상에서 쏘아 올린 물체가 천체의 표면을 벗어나는 데 필요한 최소한의 속도_옮긴이에 도달하며 항공 우주 산업 부문의 괴물인 록히드 마틴^{Lockheed}

^{Martin}의 가치를 뛰어넘었다. 스페이스 엑스는 오늘날 가장 활성화되고 영향력이 큰 우주 기업이다.

스페이스 엑스는 여전히 비공개 기업이다. 머스크는 기업의 투자와 방향성에 대한 통제권을 주주에게 양도하지 않는 편을 선호하며 기업 공개를 단호히 거부해 왔다. 어쨌든 2009년 7월 스페이스 엑스를 탄생시킨 로켓인 팰컨 1호가 마지막 비행인 5번째 발사를 성공적으로 마쳤다. 이후 나사의 CRS 계약을 이행할 로켓인 팰컨 9호 개발로 회사의 집중 대상이 바뀌었다. 나사는 스페이스 엑스와 상업 궤도 운송 서비스cots 프로그램 합의서에도 서명했다. 이 프로그램은 민간 기업이 국제 우주 정거장으로 승무원과 화물을 실어 나르는 수송기를 개발하는 것에 대한 지원을 중심으로 했다. 이 계약은 스페이스 엑스의 드래곤(드래곤 1호와 카고 드래곤)으로 이행되었다. 드래곤은 6,000㎏의 탑재 화물을 국제 우주 정거장이나 유사한 미래의 목적지로 실어 나른 뒤 3,000㎏을 싣고 지구로 돌아올 수 있는 부분적인 재활용이 가능한 화물 우주선이다. 드래곤은 2010년 12월에 팰컨 9호를 타고 궤도 임무에 처음 성공한 뒤 2012년 5월 22일에 다시 발사됐고 이번에는 국제 우주 정거장을 향한 9일짜리 임무를 시작으로 모든 목적을 달성했다. 국가 주도의 우주 왕복선 프로그램이 끝난 이후 국제 우주 정거장에 미국 우주선이 처음 도착한 사건이었을 뿐 아니라 민간 우주선이 또 다른 우주선과 처음 만난 순간이기도 했다. 시간이 지나면서 드래곤의 능력은 두 종류의 드래곤 2호에 의해 확장된다. 첫 번째는 (스페이스 엑스의 홍보물에 따르면) 인간 7명을 싣고 '지구 궤도로 나갔다가 돌아올 수 있고 그 너머까지 갈 수 있는' 크루 드래곤이었고 두 번째는 드래곤 1호가 개선된 카고 드래곤이다. 드래곤의 또 다른 이정표는 2020년 5월 30일 발사한 카고 드래곤 데모 2다. 이 우주선은 나사 우주 비행사인 더그 헐리Doug Hurley와 밥 벤켄Bob Behnken을 태우고 궤도와 국제 우주 정거장으로 들어갔다. 이는 2011년 마지막 우주 왕복선 임무 이후 미국에서 발사한 또 다른 첫 유인 궤도 우주 비행이었다. 드래곤은 오늘날까지 사용되고 있다. 2022년 4월 9일 기준으로 드래곤 우주선은 총 33회 발사되었고 국제 우주 정거장을 29회 방문했다.

2014년은 스페이스 엑스에 상업·기술적인 측면에서 중

Elon Musk @elon Musk

7시간 전

우주, 에너지, 전기 자동차 부문에서 일궈 낸 극적인 혁신 덕분에 일론 머스크는 정부와 최고 수준의 이해관계에 접근할 수 있게 됐다. 버락 오바마 대통령이 2010년 4월 15일 플로리다의 케이프커내버럴 공군 기지에서 머스크의 안내를 받으며 스페이스 엑스의 민간 로켓 처리 시설을 구경하고 있다.

 Elon Musk @elon Musk
9시간 전

플로리다 케네디 우주 센터에서 데모 1의 발사를 앞두고 나사의 우주 비행사 밥 벤 켄과 일론 머스크가 대화를 나누고 있다. 데모 1은 2019년 3월 2일 동부 시간 오전 2시 49분에 발사됐다. 이는 나사 민간 승무원 프로그램의 일부로서 인간을 위해 설계된 우주 시스템이자 민간 기업이 만들고 작동시킨 미국 우주선의 첫 발사였다.

요한 해였다. 그해에 스페이스 엑스는 국제 경쟁 입찰에 나와 있었던 민간 발사 계약 20개 중 9개를 수주했다. 스페이스 엑스가 여러 계약을 성사시키자 국제 산업이 과격하게 흔들렸다. 1980년에 창립된 세계 최초 민간 발사 서비스 제공자이자 주요 프랑스 기업 아리안스페이스 Arianespace 역시 계약을 9개 따냈지만, 이 회사의 오랜 역사와 인정받는 위치를 고려하면 스페이스 엑스보다 많은 계약을 수주하지 못했다는 사실 그 자체가 이변이었다. 록히드 마틴과 보잉의 안보 우주 보안 부문 간 합작 벤처로서 2006년에 창립된 미국 기업 유나이티드 런치 얼라이언스 ULA는 미국 발사 서비스 시장을 실질적으로 독점한 것이나 마찬가지였음에도 (2005년 ULA가 설립되는 동안 스페이스 엑스가 법적으로 이의를 제기한 부분이다) 더 큰 충격을 받았다. 2014년 ULA는 계약을 하나(오비탈 사이언스의 시그너스 우주 정거장 공급 화물 수송기)밖에 따내지 못한다. 스페이스 엑스는 미국 발사 시장에서 ULA가 쥐고 있던 주도권을 효과적으로 깨뜨렸고 이 두 기업 간 상업 전쟁은 스페이스 엑스가 지속해서 우위를 보이고 있다. 스페이스 엑스는 국제 우주 정거장을 향한 인간 수송 역량을 완성할 나사의 민간 승무원 수송 역량CCtCap 계약을 수주하는 등 2014년에 맹활약했다.

스페이스 엑스는 기존 발사체를 개선하고 새로운 발사체를 개발하며 발사 역량의 최첨단에 계속 머물렀다. 머스크가 집중한 전략 분야는 비용 효율성을 달성하기 위한 우주 발사체의 재활용 가능성이었다. 역사적으로 주 발사체 추력 구조물과 추진체 탱크 등 로켓 발사체의 구성 요소 대부분은 한 번만 사용할 수 있는 소모품이었다. 스페이스 엑스는 팰컨 9호로 부분적인 재활용 가능성을 확인했다. 로켓의 1단은 지구로 돌아와 지상 기지 또는 자율 우주선 기지 드론 선박ASDS 위에 수직 착륙했다. ASDS는 기본적으로 납작한 갑판을 가진 원양 항행용 로봇 선박으로, 돌아오는 로켓이 착륙할 안전하고 안정적인 기지를 제공한다. ASDS 자체가 기술과 우주 비행 부문의 혁신이다. 머스크가 ASDS에 붙인 이름인 '일단 설명서를 읽어 봐(II), 진지함 부족, 물론 나는 아직도 너를 사랑해'에서 그의 SF 장르에 대한 사랑이 드러난다. 이 이름들은 이언 뱅크스Iain M. Banks

의 SF 소설인 『컬쳐Culture』에 나오는 우주선의 이름과 똑같거나 비슷하다. 2021년 12월 21일에 스페이스 엑스는 '팰컨 9호 1단이 궤도급 로켓 부스터의 100번째 착륙 성공을 기록하며 일단 설명서를 읽어 봐 드론 선박에 착륙했다!' 라고 트위터에 올렸다. 재활용 가능성은 스페이스 엑스 프로그램이 기능적으로 확립한 현실이었다.

스페이스 엑스는 모든 영역을 아우르는 탑재 화물 역량을 확보하기 위해 팰컨 헤비를 개발했다. 스페이스 엑스 웹사이트에는 이 거대한 로켓의 시장 분할 방식과 역량이 적혀 있다.

팰컨 헤비는 두 가지 요소에 의해 가장 강력한 가동 로켓이 된다. 거의 64톤까지 궤도로 운반할 수 있는 팰컨 헤비는 가장 비슷한 가동 로켓인 델타 IV 헤비보다 2배가 넘는 탑재 화물을 들어 올릴 수 있다. 팰컨 헤비는 아홉 개의 엔진 코어를 가진 팰컨 9호 세 대로 구성되었으며 멀린 엔진을 총 스물일곱 개 달고 있는데, 이 엔진들은 이륙할 때 747 비행기 열여덟 대 정도와 맞먹는 추력을 일으킨다.

다시 한번 스페이스 엑스는 우주 게임에서 선두를 점하게 됐다. 팰컨 헤비의 첫 비행 역시 색다른 특징을 가지고 있다. 이때도 머스크는 강력한 유머 감각을 입증하면서 전통주의에 반한 자신의 개성 넘치는 도전 정신을 표출했다. 2017년 3월 31일에 트위터 사용자 cardoso가 머스크에게 팰컨 헤비의 첫 발사에 실릴 시험용 탑재 화물이 무엇이냐고 물었다. 머스크는 아리송한 대답을 했다.

'우리가 상상할 수 있는 가장 바보 같은 것! 첫 번째 드래곤이 운반할 비밀 탑재 화물은 거대한 치즈 덩어리다. 친구들 & 몬티 파이튼Monty Python에게 영감을 받았다.'

그 뒤 12월 2일에 머스크는 또 다른 트위터 글에서 탑재화물을 마침내 확정했다. 조금의 과장도 덧붙이지 않고 전혀 예상하지 못한 물건이었다.

'탑재 화물은 데이비드 보위David Bowie가 부른 '스페이스 오디티Space Oddity'를 재생하는 내 미드나잇 체리 테슬라 로드스터일 것이다. 목적지는 화성 궤도다. 올라가면서 터지지 않는다면 먼 우주에 10억 년 정도 떠돌아다닐 예정이다.'

민간 최고의
로켓 회사가 되다

ELON MUSK

팰컨 헤비와 마케팅 마법

2018년 2월 6일에 팰컨 헤비가 케네디 우주 센터 발사 복합 단지 39A에서 탑재 화물 어댑터에 머스크의 테슬라 로드스터를 태우고 발사됐다. 로켓 2단은 최종적으로 로드스터를 태양계 궤도에 올려놓았다. 스페이스 엑스 우주복을 입은 가짜 우주 비행사가 마치 일요일에 가볍게 행성 사이로 드라이브를 나온 것처럼 만사태평하게 창턱에

왼쪽 팔꿈치를 올려놓고 앉아 있는 모습이 우스꽝스러움을 배가시켰다. 이 우주 비행사의 이름은 데이비드 보위의 음악에 대한 존경을 담아 '스타맨Starman'이라고 지었고 음향 장치에서 반복 재생된 '스페이스 오디티Space Oddity'와 '라이프 온 마스Life on Mars'가 그 효과를 배가했다. 조수석 앞쪽 서랍에는 『은하수를 여행하는 히치하이커를 위한 안내서』 한 권이 들어 있었다.

우주를 떠도는 로드스터야말로 '난 내가 하고 싶은 걸 할 수 있어'라는 메시지를 전하는 궁극의 표현이다. 우주선에 실린 카메라는 지구 행성을 배경으로 우주 비행사가 부드럽게 '운전'하는 테슬라 로드스터를 찍은 사진(정지된 화면과 동영상)을 보내왔다. 이것이 우주 비행을 하찮아 보이게 만드는 행위라고 생각하는 사람이 있을지도 모른다. 실질적으로 쓰레기가 될 뿐인 자동차를 우주로 보낸 행위는 일부 과학계와 학계에서 비판을 받았다. 하지만 홍보 측면에서는 걸작이었고 전 세계 마케팅 미디어에서 대부분 감탄스럽다는 반응을 보였다. '광고와 마케팅 다음에는 일론 머스크가 있다'라는 제목을 붙인 마크 웨넥Mark Wnek이

 Elon Musk @elon Musk
 5시간 전

일론 머스크의 테슬라 로드스터가 운전석에 스페이스 엑스 우주복을 입힌 '스타맨' 마네킹을 태우고 지구를 지나가는 모습이다. 마케팅 역사상 틀림없이 가장 대단한 행위였을 것이다. 이 자동차는 2018년 2월 팰컨 헤비 시험 비행에서 모형 탑재 화물 역할을 했다.

〈광고 시대^{Ad Age}〉에 2018년 2월 8일 실은 글은 전 세계 광고인의 경외심을 담아냈다. 로드스터를 찍은 이미지는 큰 노력 없이 전 세계에 도달하여 미디어에 널리 퍼졌고, 광고인들은 우주에서 두 기업을 한꺼번에 홍보하는 데 성공한 남자 앞에서 겸손해졌다. 머스크는 그를 비판하는 사람들에게 축하하는 느낌을 담은 젊고 긍정적인 목소리로 반박했다.

'슬픈 문제를 해결하고 또 다른 슬픈 문제를 해결하는 것이 인생의 전부일 수는 없습니다. 여러분에게 영감을 주는, 아침에 일어나서 인류의 일원이라서 기쁘다는 생각이 들 만한 무엇인가가 있어야 해요. 그래서 저희가 이런 일을 벌인 겁니다. 여러분을 위해서 한 일이에요.' (2018년 3월 11일, 트위터)

그 뒤 사우스 바이 사우스 웨스트^{SXSW} 페스티벌의 질문 세션에서 머스크는 테슬라 우주 자동차가 단순히 사람들의 이목을 끌기 위한 행위가 아니라 인류가 다시 한번 고개를 높이 들 수 있도록 격려해 줄 도구라며 메시지를 심도 있게 설명했다.

"저희는 여기 있는 대중이 우주에서 무엇인가 새로운 일이 일어날 가능성, 그러니까 우주의 경계가 더 넓게 확장될 가능성에 대해 흥분하고 궁금해하게 만들고 싶었어요. 여러분에게 영감을 주고 믿음을 되찾게 하려는 목표였지요. 마치 사람들이 무엇이든 가능하다고 믿었던 아폴로 시대처럼 말이죠."

스타링크와 스페이스 엑스의 상업적 부흥

2015년 1월 스페이스 엑스는 워싱턴주 레드몬드에 자리한 새로운 개발 시설의 개관식에서 스타링크 인터넷 위성군 프로그램의 시작을 발표했다. 머스크의 머릿속에서 인터넷을 우주로 확장하겠다는 비전이 2000년대 초반부터 끓어오르고 있었던 것으로 보인다. 하지만 2014년 11월 〈월스트리트 저널〉에 따르면 당시 머스크와 테크 기업가 그레이 와일러Grey Wyler는 '월드뷰WorldVu'라고 불리는 커뮤니케이션 위성군에 대해 논의했으나 사업을 그 이상 전개하지는 않았다고 한다.

스타링크는 인터넷 광대역 역량에 대한 글로벌 수요, 그중에서도 특히 이 행성에서 인터넷 연결이 제한된 영역에 인터넷을 제공하겠다는 공상적인 야망의 산물이다. 머스크의 개발 팀이 감당 가능한 가격의 실수요 장비와 위성 개발에 착수하는 동안 스페이스 엑스는 애초에 위성을 배치하기 위해 넘어야 하는, 미국 연방 통신 위원회^{FCC}로부터 받은 도전적인 요구 사항을 포함한 수많은 규제에 대해 협상해야 했다. 스페이스 엑스의 계획은 높은 목표를 지향했다. 2017년 3월에 스페이스 엑스는 FCC와 위성 11,943대를 저지구궤도 또는 초저지구궤도에 배치하겠다는 계획을 세웠다. 하지만 이건 그저 시작일 뿐이었다. 최종 계획은 수만 대의 스타링크 위성을 우주로 내보내는 것이었으니까.

2018년 2월 22일에 시험 스타링크 위성인 틴틴^{TinTin} A와 틴틴 B가 발사와 배치에 성공했다. 2019년 5월 24일에 네트워크 기술을 시험하기 위해 설계된 '활성화된' 위성 60대가 발사됐다(밤하늘을 가로지르며 여행하는 모습을 지구에서 촬영했을 때 우주의 어둠 속을 지나가는 일련의 불빛으로 보이면서 유명해졌다). 2019년 10월 22일 일론 머스크는 다음 내용을 트위터에 올렸다.

'이 글은 스타링크 위성을 통해 우주를 거쳐 보낸다.'

같은 해 11월 11일에는 완전히 가동되는 변형 위성 60대를 더 쏘아 올렸다. 그 이후로 스타링크 위성은 2018년 2월과 2022년 2월 사이 2,091대가 쏘아 올려지며 확실한 주기성을 가지고 발사됐다. 스페이스 엑스의 프로그램 대부분이 그런 것처럼 위성은 대부분 회사 내부에서 생산됐다. 스페이스 엑스의 조나단 호펠러Jonathan Hofeller 부사장은 워싱턴 DC에서 주최한 위성 2020 컨퍼런스에서 스페이스 엑스가 매일 위성 6대를 생산하고 있다고 말했다. 이는 스페이스 엑스가 궤도 우주 부문에서 큰 비중을 장악하게 될 것이라는 사실을 시사하는 놀라운 수치였다.

2008년 위기 이후 머스크와 스페이스 엑스는 심각한 기술 차질을 반복하며 거친 모험을 해 왔다. 우주 비행은 물리학과 기술이 겨루는 과격한 레슬링 시합이며, 이 시합에서 스페이스 엑스가 늘 우승하지는 못했다. 2015년 6월에는 7번째 스페이스 엑스 국제 우주 정거장 재공급 임무였

Elon Musk @elon Musk
 11시간 전

2019년 4월 15일 일론 머스크가 스페이스 엑스 스타십의 미래 역량을 북미 항공 우주 방위 사령부, 미국 북부 사령부, 공군 우주 사령부의 고위급 간부들에게 설명하고 있다. 머스크가 우주 비행 부문의 경제에 일으킨 혁명은 정부 기관의 진지한 관심을 끌어모았다.

던 CRS-7이 비행을 시작한 지 2분 만에 폭발했다. 2016년 9월에는 또 다른 팰컨 9호가 정적 시험을 준비하다가 지상에서 파괴되었으며 그 과정에서 고객의 2억 달러짜리 통신 위성 탑재 화물이 사라졌다.

그런 차질을 겪고도 스페이스 엑스는 성공의 리듬을 찾아갔고 확보한 자금과 상업 계약을 통해 재무 안정성을 달성했다. 최초의 주요 외부 투자 중 하나는 나사에서 상업 궤도 운송 서비스^{COTS} 프로그램에 2억 7,800만 달러를 지원한 것이었다. 2012년 중순이 됐을 무렵 스페이스 엑스가 국제 우주 정거장으로 떠난 첫 비행을 마친 뒤 회사의 자기 자본 가치는 240억 달러까지 올라갔다. 2015년 1월에 회사는 구글과 피델리티^{Fidelity}로부터 8.33퍼센트의 주식에 대해 또 다른 10억 달러의 자금을 유치했다. 2017년 7월에 3억 5,000만 달러를 더 유치했고 다음 해에 로켓을 100회 이상 발사하며 계약 매출로 약 120억 달러를 벌었다. 2020년 8월에 19억 달러, 2021년 2월에 16.1억 달러의 투자금을 추가로 유치했다.

투자자들이 스페이스 엑스와 이 회사의 의욕적인 리더

가 미래 우주 비행의 큰 비중을 차지하게 될지도 모른다고 인식하고 있는 것이 틀림없었다. 2021년 10월에 회사의 가치는 1,003억 달러로 평가받았다. 물론 회사가 벌어들이는 돈이 많아질수록 머스크의 개인 재산 역시 전례 없는 규모로 불어났다. 2019년 언론 보도에 따르면 머스크는 회사의 자기 자본 54퍼센트와 투표권 76퍼센트를 쥐고 있었다. 테슬라가 폭발적으로 성장하고 머스크의 다른 투자와 회사에서 엄청난 성과가 나타난 뒤 2022년 〈포브스〉는 머스크를 공식적으로 역사상 세계 최대 부자로 공표했다.

화성 이주 프로젝트를
시작하다

ELON MUSK

　스페이스 엑스의 여정은 일론 머스크의 '화성 오아시스'
에 대한 비전과 함께 시작됐다. 자신의 가냘픈 우주 기업을
안정시키고 가동하기 위해 이후 실용적인 방향으로 수정을
해야 했지만, 인류에게 여러 행성으로 갈 수 있는 선택지를
주겠다는 머스크의 비전은 전혀 수그러들지 않았다.

　2005년 11월 11일부터 13일 사이에 머스크는 일리노이

대학교에서 우주 개발과 탐험 학생 단체를 위해 열리는 연례 컨퍼런스인 '스페이스비전SpaceVision2005'에 참석했다. 이 컨퍼런스에서 머스크는 몇 주 뒤 발사될 예정인 팰컨 1호보다 더 거대한 우주 로켓에 대한 계획을 발표한다. 머스크는 당시 팰컨 1호, 5호, 9호에 사용되던 멀린 1 엔진 타입보다 더 강력한 엔진을 만들 계획이 있다고 언급했다. 머스크의 말을 듣고 있던 통찰력 있는 학생이 텍사스 엔진 시설에 있는, 스페이스 엑스가 'BFTS'라고 부르는 거대한 시험대test stand에 관해 물었다. 규모로 보았을 때 이 시험대가 팰컨 9호 1단이 낼 수 있는 추력의 거의 5배를 낼 수 있을 것 같다고 말했다. 그에 대한 대답으로 머스크는 가장 무거운 탑재 화물을 들어 올릴 수 있는 괴물 엔진 '멀린 2'에 관한 자신의 비전을 설명했다. 컨퍼런스에서 머스크는 멀린 2 여러 대가 그가 놀림조로 'BFR'이라고 부르는 것을 개발하는 데 사용될 예정이라고 말했다. 여기에서 'B'는 'Big크다'이고, 'R'은 'Rocket로켓'이다 (이 정보로 'BFTS'가 어떤 단어의 줄임말인지 쉽게 알 수 있다[20]). 머스크는 멀린 2 개발의 장기 집중 분야가 달과 화성 탐험이라고 주장했다. 다만 "저희가 필요한 돈을 어떻게 구할지는 아직 잘 모르겠어요"라고 인정했다.

초반에 BFR 아이디어는 스케치에 불과했지만, 머스크의 머릿속과 개발 제도판 모두에서 윤곽이 점점 선명해지기 시작했다. 2007년 머스크는 〈와이어드Wired〉와 인터뷰를 했다. 5월 22일에 나온 칼 호프만Carl Hoffman의 후속 기사에는 다음과 같은 강렬한 제목이 붙었다.

'일론 머스크는 지구 궤도 너머의 임무에 그의 재산을 걸고 있다.'

인터뷰 도중에 머스크는 글로벌시큐리티GlobalSecurity.org에서 우주 분석을 담당하는 존 파이크John Pike의 주장에 반박했다. 파이크는 지구 궤도 탑재 화물 운반의 기본 비용 공식인 파운드 당 약 1만 달러를 바꿀 수 있다는 머스크의 생각에 이의를 제기했다. 이에 머스크는 패기 넘치는 도전적 태도로 대답했다.

"하지만 저는 로켓을 백 배, 아니 천 배 더 발전시키고

---

20) F는 팰컨Falcon 또는 F***ing(빌어먹을), TS는 Test Stand(실험대)를 일컫는 것으로 보인다_옮긴이

싶어요. 궁극적인 목표는 인류를 여러 행성을 오가는 종으로 만드는 거예요. 지금으로부터 30년 뒤에 달과 화성에 본부가 생기고 사람들이 스페이스 엑스 로켓을 타고 그곳을 오갈 거예요."

2010년대가 되자 머스크는 우주 비행의 가능성을 올리면서 비용을 절감하는 진지한 우주 엔지니어로 여겨졌다. 2016년 9월 머스크는 긴 시간에 걸쳐 '인간을 다중 행성 종으로 만들기'라는 제목으로 발표를 했다. 머스크는 서두에 간단한 질문을 던졌다.

"그럼 저희는 어떻게 여러분을 화성에 데려가고 단순한 거류지가 아니라 그 자체로 행성이 될 수 있는 자급자족하는 도시를 만들 수 있을까요? 저희가 진정한 다중 행성 종족이 될 수 있게 말이죠."

발표 슬라이드 자료를 넘기며 우주 개척의 주요 목적으로서 화성의 과학적 정당성에 대한 자신의 의견을 이야기하던 중 머스크는 화성과 지구의 특성을 비교했다. 지구 인구 70억, 화성 인구 0이라는 데이터를 보면 화성의 수치가 현실에 체념한 것이 아니라 정착에 대한 잠재력을 보여 주기 위해 제시되었다는 느낌이 든다.

머스크는 화성 정착에 필요한 비용 역시 다루었다. 역사적으로 우주 비행은 지나치게 많은 돈이 들어갔으므로 이는 발표에서 중요한 주제였다. 재산을 탕진하지 않고 어떻게 목적을 달성할 수 있을까? 머스크는 아폴로 시대의 기술을 사용하면 화성 여행에 1인당 100억 달러 정도 비용이 소요되며 모든 수준에서 엄청나게 비쌀 수밖에 없다고 설명했다. 그 가격으로 지구로부터 화성으로 인구를 대거 이동시키는 일은 도저히 불가능했기에 머스크는 개념 구조를 완전히 바꾸었다. 그는 화성에 가는 1인당 비용을 미국 주택 가격의 중간 값인 약 20만 달러로 줄이고 싶다고 주장했다. 그렇게 했을 때만 화성으로 떠나는 이주 결정이 집을 옮기거나 직업적으로 큰 변화를 주는 것과 비슷한 중요도를 지니게 되기 때문에 지구 밖에서 화성 개척이 일어날 가능성이 생긴다고 말했다.

100억 달러와 20만 달러 비용 모델의 차이를 고려해 보면 머스크는 화성으로 가는 비용에 대해 1톤 당 500만 퍼센트의 개선을 주장하고 있는 셈이었다.

1. 완전한 재활용 가능성

2. 궤도 내 충전

3. 화성 위 추진체 생산

4. 알맞은 추진체

머스크가 각각의 목표를 달성하기 위해 뒷받침되어야 하는 기술, 물리학, 심화 이론을 설명하자 그가 허황한 짓을 하는 걸지도 모른다는 비난이 사라졌다.

설명 내용을 요약하면, 지구로부터 거대한 부스터 로켓이 화성 우주선을 태우고 우주로 발사될 것이다(부스터는 분리된 뒤 지구로 돌아와서 통제된 자율 착륙을 하고 다음 발사 때 재사용될 것이다). 우주선은 우주여행을 시작하는 단계에 유조선과 만나 우주의 진공 속에서 비행 중 재급유를 할 것이다(발표 초입에 머스크는 "궤도에서 연료를 채우지 않으면 5~10배 크기와 비용이 더 드는 3단 로켓이 필요할 것이다"라고 설명했고, "여러 번의 발사로 필요한 양력을 나누면 개발 비용이 크게 줄고 일정이 단축된다"라고 말했다). 로켓이 화성을 향한 여정을 시작하면 유조선들은 지구로 돌아온다. 약 4억 8,000만㎞의 우주를 가로지르는 이 전설적인 여정은 7개월에서 9개월까지 걸릴 것이다. 우주선은 최종적으로 화성에 수직 착륙해서 승객과 탑재 화물을 내려놓을 것이다. 돌아오는 여정에 사용될 추진체는 화성에서 직접 캐낸 물질을 활용하여 이 행성에서 생산될 것이다(머스크는 "돌아오는 여정에 필요한 추진체를 가지고 가려면 지구에서 떠날 때 약 5배 더 많은 양을 싣고 가야 한다"라고 설명했다). 알맞은 시간이 되면 다음 비행을 위해 우주선을 빠르게 돌려서 지구로 돌아오는 여정을 시작한다. 재활용 가능성에 대한 전체 비전은 부스터 한 대당 1,000회, 유조선 한 대당 100회, 우주선 한 대당 12회다.

스타십,
화성을 향해 날아오르다

발표를 시작할 때 머스크는 화성의 신비로운 사진을 몇 장 보여 주며 경건한 목소리로 우리가 언젠가 이곳에 살 수 있게 될지도 모른다고 말했다. 그 순간 은하계 여행이라는

1950년대의 믿기 어려운 비전이 울려 퍼지는 듯했다. 스페이스 엑스라기보다 〈스타트렉〉에 가깝게 느껴지는 순간이었다. 발표가 절반도 진행되지 않았을 무렵 머스크는 가까운 미래에 일정을 잡을 수 있을 만큼 그럴듯한 전망을 이야기했다. 머스크는 핵심 원칙과 기술의 논리가 아주 작은 단위라도 증가하는 것이 타당하다면 그것을 거대한 규모로 확장하는 일이 논리적이라며 받아들였다.

시간이 지날수록 우주선이 많아질 겁니다. 최종적으로 궤도에서 대기 중인 우주선이 1천 대가 넘을 거예요. 그러니까 화성 개척 함대는 〈배틀스타 갤럭티카Battlestar Galactica〉처럼 집단을 이루어 떠날 겁니다. [중략] 하지만 그렇게 하기까지 2년이 걸리기 때문에 우주선을 궤도로 보내는 건 말이 돼요. [화성 궤도 랑데부randezvous, 같은 방향과 속도로 행성의 궤도에 발맞추어 움직이며 만나는 것_옮긴이는 26개월에 한 번씩 돌아온다]

머스크가 간단하게 '화성 우주선Mars Vehicle'이라고 불렀던 야심 찬 비행체를 공개하자 관중석에서 감탄의 박수가 터져 나왔다. 그래픽으로 부스터와 우주선을 합쳐 122m에 육박하는, 아폴로 임무를 수행했던 111m의 새턴 5호보다 더 큰 규모를 자랑하는 거대한 우주선이 나타났다. 10,500톤(새턴 5호: 3,039톤)의 이륙 중량, 13,033톤(새턴 5호: 3,579톤)의 이륙 추력, 550톤(새턴 5호: 135톤)의 소모용 저지구 궤도 탑재 화물 등 이 우주선에 대한 모든 통계가 역사적 한계치를 훌쩍 뛰어넘었다. 화성 우주선은 우주 탐사 발전의 다음 단계를 대표하는 우주선이 되겠다는 의도로 만들어진 것이 분명하다.

이건 꽤 큽니다. 재미있는 사실은 장기적으로 보면 우주선이 이보다 더 클 거라는 점이에요. 이건 미래의 화성 다중 행성 우주선과 비교했을 때 상대적으로 작을 겁니다. 하지만 이렇게 클 수밖에 없어요. 여압 구역pressurized section, 지상과 비슷한 기압 상태를 유지하기 위해 기내의 압력을 높인 구역_옮긴이에 약 1백 명의 사람을 태우고 짐을 싣기도 해야 하니까요. 게다가 추진체 공장, 주철 공장부터 피자 가게까지 여러분이 생각할 수 있는 모든 것을 만들 화물을 압축하지 않은 상태로 전부 실어야 하고요. 우리는 정말 많은 짐을 실어야 해요.

 이 화성 우주선은 최종적으로 스타십이라는 이름을 가지게 된다. 2015년 공개한 발표 슬라이드 자료는 갠트 차트Gantt chart, 프로젝트 일정을 관리하는 데 사용하는 도표_옮긴이를 활용하여 화성 임무 일정을 공개했다. 2019년까지 주요 기술을 개발하고 2019년부터 2022년 말까지 부스터와 궤도 시험을 진행한 뒤 화성 비행을 시작할 예정이었다. 물론 현실에서 이 일정은 어느 정도 조정이 필요했다. 실질적인 스타십 개발은 2019년 플로리다와 텍사스에서 시작됐는데, 이 프로젝트에는 뼈아픈 상업적 결정이 동반됐다. 그해 1월에 스페이스 엑스는 스타링크와 스타십의 개발 비용을 마련하기 위해 어쩔 수 없이 6천 명에 달하는 직원의 10퍼센트를 해고할 수밖에 없다고 발표했다. 회사 보도 자료에는 다음과 같은 내용이 실렸다.

 '고객을 위한 제품 생산을 지속하고 다중 행성 우주선과 글로벌 우주 기반 인터넷의 개발에 성공하기 위해 스페이스 엑스는 더 날렵한 기업이 되어야 합니다. 위에서 언급한 개발 목표 중 어느 하나만으로도, 심지어 각자 따로 시도된 경우에도 어떤 조직은 파산에 이르렀습니다. 이는 우리가 재능 있고 열심히 일하는 팀원 몇 명과 갈라져야 한다는 뜻입니다.'

스타십을 개발하려는 시도는 다른 거대한 연쇄 효과를 일으켰다. 예를 들어 2022년 3월에 스페이스 엑스는 크루 드래곤 우주선의 생산을 중단하고 스타십 개발을 마무리 짓는 데 미래의 노력을 집중하겠다고 선언했다.

어쩌면 스타십은 머스크의 인생, 머스크가 설계한 우주 프로그램의 정점일지도 모른다. 스페이스 엑스 웹사이트는 이 우주선에 대해 다음과 같이 자랑스럽게 소개한다. '스페이스 엑스의 스타십 우주선과 슈퍼 헤비 로켓(합쳐서 스타십이라고 부른다)은 승무원과 화물을 지구 궤도와 달, 화성과 그 너머로 싣고 나가기 위해 설계된 완전히 재활용 가능한 수송 시스템입니다. 스타십은 지구 궤도로 1백 톤이 넘는 무게를 운반할 능력을 지닌, 전 세계에서 지금까지 개발된 로켓 장치 중에서 가장 강력한 발사체가 될 것입니다.'

Elon Musk @elon Musk
🐦 12시간 전

스페이스 엑스는 성공을 거두었지만, 머스크가 우주로 나아가는 길이 늘 평탄했던 것은 아니다. 머스크가 2020년 12월 텍사스 보카 치카에 착륙하다가 폭발한 스타십 SN8의 잔해를 살펴보는 모습.

스타십의 사양은 2015년에 세웠던 비전에서 변화해 왔지만, 아주 조금밖에 바뀌지 않았다. 스타십은 여전히 가장 많은 탑재 화물을 실을 수 있고 지구에서 발사된 로켓 중에서 가장 강력하다. 2019년 이후 프로그램은 연속적인 정적 발사나 짧은 비행에서 준궤도 발사로 진화해 왔다. 이 과정에서 시제품 여러 대가 불에 타서 파괴됐다. 하지만 2021년 5월 21에 처음으로 스타십 SN15가 텍사스의 스타베이스^{Starbase} 센터에서 고공 시험을 성공적으로 마무리했다. 스타십은 화성에 대한 것만이 아니다. 2021년 4월에 나사는 자사의 아르테미스 프로그램의 일부로서 스페이스엑스와 스타십을 '차기 미국 우주 비행사 2명을 달 표면으로 안전하게 데려다 줄, 최초의 상업용 인간 착륙선 개발을 지속할 대상'으로 선정했다고 발표했다. 더 먼 미래에 스타십과 머스크가 어디로 갈 것인지는 두고 볼 일이다.

PART 4

미래는 상상하고
만들어 가는 것이다

전기차라고
다 같은 전기차가 아니다

ELON MUSK

테슬라와 트위터버스

전기 자동차는 새로운 것이 아니다. 전혀 새롭지 않다. 사실 전기 자동차는 전기 공급과 자동차의 발명만큼 오래됐다. 배터리로 움직이는 전기 자동차 개발에 대한 개념은 19세기 초에 처음 생겨났다. 1832년과 1839년 사이 어느 시점에 영국 발명가 로버트 앤더슨^{Robert Anderson}이 삼륜 '전기 마차'를 만들었다. 일회용 납축전지로 움직였던 이 마차는 느리지만 가용한 속도인 시속 12㎞로 굴러갈 수 있었다. 하지만 세기 후반이 되어서야 큰 규모의 전기 자동차가 정기적으로 등장한다. 1881년에 프랑스 사람 구스타브 트루베Gustave Trouvé가 전기 자동차인 트루베 삼륜차를 발표했다. 이 자동차는 엔진 2대로 동력을 공급받아 최고 속도가 시속 18㎞이고 1회 충전 뒤 주행 거리가 최대 26㎞에 달하는 전기 자동차로, 서로 연결된 여러 대의 납축전지로 작동했다. 독일 코부르크의 플로켄 기계 공장Maschinenfabrik A. Flocken에서는 1888년부터 많은 사람이 진정한 첫 전기차라고 여기는 사륜 플로겐 전기 자동차Flocken Elektrowagen를 생산했다. 1898년 벨기에의 전기 자동차 라 자메 꽁땅뜨La Jamais Contente는 기본적으로 운전자가 눈에 잘 뜨이는 곳에 앉아 있는 사륜 금속 어뢰였다. 이 자동차는 시속 105,882㎞에 도달하며 세계 최고의 지상 속도 기록을 잠시 보유했다.

1880년대 후반과 1890년대 초반 스코틀랜드 태생의 화학자이자 발명가인 윌리엄 모리슨William Morrison 덕분에 전기 자동차가 미국에 데뷔할 수 있었다. 모리슨은 더 효율적인 축전지를 개발하는 과정에서 배터리 24개가 들어간 자체 추진 전기 자동차 시험기를 만들었다. 이 자동차는 승객을 12명까지 싣고 최대 시속 32㎞로 달릴 수 있었다. 모리슨의 자동차는 12대밖에 만들어지지 않았지만, 아이디어에는 설득력이 있었다. 1900년이 됐을 때 미국에 있는 모든 자동차의 38퍼센트가 전기 자동차였다(증기 자동차는 40퍼센트, 휘발유 자동차는 22퍼센트를 차지했다). 뉴욕시에는 심지어 60대의 전기 택시 군단도 있었다. 포르쉐와 포드 같은 회사에서도 전기 자동차를 개발하거나 연구했다.

20세기 초에 등장한 전기 자동차는 당시 생겨나고 있었던 내연 기관으로 움직이는 자동차보다 여러 방면에서 뛰어났다. 하지만 이제 역사가 알듯이 내연 기관이 승리했다. 1908년 헨리 포드가 대량 생산된 모델T를 소개하고 기름 추출이 전 세계에 확장되면서 휘발유 자동차는 대중에게 편리하고 접근 가능한 적당한 가격의 차량을 제공했다. 2000년대가 되면 지구에는 그런 자동차가 10억만 대 넘게 있을 예정이다.

하지만 1960년대와 1970년대부터 추가 아주 조금씩 움직이기 시작했다. 중동의 주요 석유 생산국 간 갈등으로 촉발된 글로벌 석유 위기는 세계가 전기 자동차의 가능성을 다시 연구하도록 만들었다. 제너럴 모터스^{GM}와 아메리칸 모터 컴퍼니^{AMC}는 1970년대에 전기 자동차 시제품이나 소규모의 전기 자동차를 생산했다. 하지만 전기 자동차의 핵심 문제였던 제한된 주행 거리 때문에 이 자동차는 사고 실험을 아주 조금 넘어선 수준에 갇혀 있었다. 그러나 1980년대와 1990년대에 정부 차원에서 환경 의식이 증가하고 (미국을 포함한) 일부 국가에서 에너지법과 대기 오염 방지법이 제정되면서 전기 자동차에 대한 아이디어가 공학용 격자판에 다시 연결됐다. 제너럴 모터스는 EV1을 설계하고 개발하다가 1996년과 1999년 사이에 생산했다. 이 자동차의 1회 주유 뒤 주행 거리는 128㎞였고 7초 만에 시속 80㎞까지 가속했다(전기 자동차는 석유로 움직이는 자동차보다 더 많은 회전력을 전달할 수 있으므로 특출 난 가속 기능이 있는 경우가 많다). 배터리 기술도 개선되고 있었다. 1997년 일본 기업 토요타는 니켈 수소 전지로 동력을 공급받는 하이브리드 전기 자동차 프리우스^{Prius}를 선보였다. 전 세계 최초로 대량 생산된 전기 자동차였지만, 단명했던

EV1과 달리 프리우스는 2017년에 610만 대가 넘게 판매되는 완전한 성공을 거두었다. 하지만 그 무렵 전기 자동차 시장에는 강력한 새로운 선수가 들어와 있었다. 이 경쟁사는 2022년에 전기 자동차업계의 진정한 거인이 된다. 1조 달러가 넘는 자본 총액과 글로벌 배터리 전기차 시장의 23퍼센트를 보유한 이 회사는 세계 최대 자동차 생산업체에 뒤지지 않는 거대한 수익을 남기며 전기 자동차 판매의 선봉에 서 있다. 창립 연도가 2003년인 이 회사는 바로 CEO 일론 머스크가 이끄는 테슬라다.

머스크와 전기 자동차의 임무

전기 자동차는 머스크의 세계관 안에서 에너지와 환경주의라는 두 가지 핵심 초점을 반영한다. 머스크가 전기 에너지의 혁신에 흥미를 느낀 이유에는 깊은 뿌리가 있다. 어린 머스크가 슈퍼 축전기와 관련된 온갖 일에 푹 빠졌던 일을 떠올려 보자. 이러한 지적 관심사가 지구 환경의 연약성에 대한 점점 커지는 우려와 연결되어 머스크를 세계 최고의 기업인으로 탈바꿈시켰다.

머스크는 분명 기후 변화를 부인하는 기업인이 아니다. 수많은 연설과 글을 통해 인간이 만들어 낸 기후 변화에 대한 과학적 논거를 강력하게 지지한다. 또한 이러한 기후 변화가 인류 전체, 또는 최소한 지구에 사는 수십억 명(특히 상승하는 해수면 때문에 위험에 처할 수 있는, 해안가 근처 또는 해안가에 사는 전체 인구의 40퍼센트)의 생활 방식을 위협한다고 보았다. 화석 연료는 문제의 중심에 놓여 있다.

세상에 중요한 문제는 여러 가지가 있습니다. 이게 유일하게 중요한 문제는 아니지만, 우리가 제대로 다루지 않으면 인류에 가장 부정적인 효과를 미칠 일이라고 생각합니다. 개괄적으로 말해 볼게요. 기후 위기에 대처하려면 어떻게 해야 할까요? 화석 연료 시대에서 탈출하는 과도기를 가속하기 위해 우리는 뭘 할 수 있을까요?

머스크는 세계에서 가장 큰 자동차 기업을 만들었지만, 화석 연료 소비와 지구 대기 감소의 연관성에 대한 명확한 관점을 가지고 있다. 전기 자동차에 대한 관심은 머스크가 우주 탐사라는 목표를 위해 노력하는 것과 같은 선상에 놓인 측면이 있다. 두 부문에서의 기술 진보는 단순한 공학적 호기심이나 사업가적 목표가 아니라, 인류의 미래에 중요한 부분이다. 머스크는 두 사업의 최첨단에 머무르고자 한다.

머스크가 전기 자동차에 관심을 갖는 이유는 어쩌면 화석 연료 위기를 해결할 또 다른 선택지, 즉 사람들이 개인 자동차를 타는 대신 대중교통 시스템을 이용하게 하는 행위가 머스크의 열정을 가득 채우지 못하기 때문일 수도 있다. 2017년 12월 캘리포니아주 롱비치에서 진행된 테슬라 행사에서 그는 대중교통에 대한 생각을 농담조로 말했다.

제가 보기에 대중교통은 고통스러워요. 진짜 별로죠. 여러분이 원하는 위치에서 출발하지 않고, 여러분이 원하는 위치에서 멈추지 않는 걸 도대체 왜 엄청나게 많은 사람과 같이 타려고 하는 거죠? 항상 운영되지도 않고요. [중략] 완전히 골칫덩어리예요. 이러니까 다들 대중교통을 싫어

하는 겁니다. 낯선 사람이 마구 섞여 있는데, 여기에 연쇄 살인범이 껴 있을지도 모르죠. 퍽이나 좋아하겠어요. 그래서 사람들이 자신이 원하는 장소로, 이용하고 싶은 시간에 갈 수 있는 개인 차량을 좋아하는 겁니다.

그러니까 대중교통은 탈락이다. 대신, 머스크는 화석 연료가 유발한 위기에서 탈출하기 위한 3가지 주요 방법인 배터리 에너지 저장, 태양열 에너지, 전기 자동차에 집중했다. 이 3가지는 모두 사업과 관련돼 있다. 이 모든 사업은 테슬라 브랜드 밑에서 운영되고 있다.

전기 자동차가 점점 경쟁이 심해지는 시장이기는 하지만, 여러 방면에서 테슬라는 전기 자동차의 간판이다. 머스크가 벌인 사업 대부분처럼 테슬라는 워크숍에 모인 소규모 그룹이 실행한 혁신적인 아이디어로 시작됐다. 머스크는 실질적으로 테슬라의 뿌리를 맨 처음 심은 장본인은 아니다. 하지만 최소한 그의 투자, 아이디어, 공학적 충동과 상업적 비전이 없었다면 거대 전기 자동차 생산자는 틀림없이 오늘날 존재하는 형태로 존재하지 못했을 것이다.

이 남자와 회사의 관계는 매우 긴밀했는데, 대중의 눈에도 그렇게 비쳤다. 광고와 소셜 미디어는 모두 테슬라의 역사적 성장에 매우 중요한 역할을 했다. 이 분야에서도 머스크는 일이 처리되는 방식을 뒤흔들어 놓았다. 다른 자동차 생산자가 수억 달러씩 지출하는 직접 광고에 단 한 푼도 쓰지 않은 점은 이를 분명히 보여 준다. 확실히 머스크는 길을 걸어가면서 상당한 숫자의 친구와 적을 만들며 게임판을 뒤집어엎는 사람이다.

스트라우벨과 에버하드와 머스크

법적으로 테슬라의 공동 창업자는 총 5명이다. 마틴 에버하드Martin Eberhard, 마크 타페닝Marc Tarpenning, 이안 라이트Ian Wright, J.B. 스트라우벨Straubel, 일론 머스크다. 2009년 6월에 에버하드(한때 테슬라 CEO였지만 이후 그 자리에서 쫓겨났다)는 머스크가 '역사를 다시 쓰려' 하고 실질적으로 자신을 회사와 회사의 창립 이야기에서 쫓아내려고 했다며 소송을 제기했다. 머스크는 이에 강력한 법적 대응으로 반격했다. 테슬라의 대변인 레이첼 콘래드^{Rachel Konrad}가 발표한 테슬라의 답변은 단호했다.

이 소송은 불공평한 사적 공격이며, 더 중요한 건 이 소송이 테슬라의 역사를 불명확하게 묘사한다는 점입니다. 이 소송은 초창기 테슬라에서 벌어진 일을 허구화하여 이야기합니다. 이건 뒤틀리고 잘못된 일이며, 저희는 기록을 바로잡을 수 있는 이번 기회를 환영합니다. 미디어에서 이미 충분히 다뤘듯이 당시 마틴이 보여 주었던 자료보다 자동차 작업 비용이 2배가 넘는다는 사실을 발견한 직후 테슬라 이사회 전체는 만장일치로 마틴을 해고했습니다. 덧붙여 말하자면 테슬라는 법적 대응을 시작할 것이고 그 과정에서 회사의 역사에 대한 정확한 설명을 발표할 것입니다.

2009년 9월에 공동 창립자 목록은 앞서 언급했던 5명으로 합의를 이루었다. 확실히 테슬라의 토대에는 복잡성과 악감정이 존재했다.

테슬라는 여러 주역이 서서히 의견을 모으면서 생겨났다. 그중 스트라우벨은 머스크와 비슷한 사람이었다. 그는 일생을 엔지니어로 살아온 도전 정신이 있는 발명가였다. 이와 동시에 에너지 시스템 공학 전공(실질적으로 그가 직접 개발한 전공이다)으로 스탠퍼드 대학교를 졸업한 지적 영향력도 있는 사람이었다. 스트라우벨은 청정에너지 자동차의 개발 가능성에 집중했다. 낡아 빠진 포르쉐를 전기 자동차로 만들어서 잠시지만 전기 자동차 가속 부문의 세계 기록을 보유했었다. 이후 자동차에 하이브리드 기능을 추가해서 1회 주유 뒤 주행 거리를 늘렸다. 스탠퍼드 대학교에 있을 때 그는 비슷한 생각을 지닌 열혈 팬 여러 명과 함께 태양열 에너지로 움직이는 차량을 개발했다. 졸업한 이후에는 정지 궤도 위성geostationary satellite, 지구와 자전 주기와 공전 주기가 같아서 지구에서 봤을 때 정지한 것처럼 보이는 위성_옮긴이을 창안한 엔지니어 해럴드 로젠Harold Rosen이 이끄는 로젠 모터스라는 기업을 위해 세계 최초로 가스 터빈/전기 하이브리드차를 개발했다. 로젠과 함께 전기로만 작동하는 비행기를 개발하기도 했다.

스트라우벨은 2000년대 초반에 리튬 이온 배터리의 사용 가능성에 마음을 빼앗겼다. 리튬 이온 배터리는 전통적인 배터리보다 높은 에너지 밀도, 낮은 자체 방전 비율, 낮은 유지 요구량, 높은 셀 전압, 다양한 적용 가능성 등 장점이 많은 전력원이다. 1990년대에 재충전이 가능한 리튬 이온 배터리가 전자 장치 산업에서 자리를 확립하기는 했지만, 스트라우벨과 태양열 에너지 팀은 자동차 한 대를 움직일 만큼의 충분한 동력을 제공하기 위해 수천 개의 리튬 이온 배터리를 어떻게 연결할 수 있을지 계산하기 시작했다. 스트라우벨은 디자인 콘셉트를 만들었지만, 10만 달러를 투자해서 그것을 실제로 만들 수 있게 도와줄 사람이 필요했다.

이 시기에 머스크가 합류한다. 스트라우벨에게 머스크를 소개한 사람은 로젠이었다. 머스크는 점심을 먹으면서 리튬 이온 배터리 전기 자동차의 가능성에 설득됐고 1만 달러를 투자하겠다고 동의한다. 스트라우벨은 머스크에게 로스앤젤레스에 기반을 둔 기업인 AC 프로펄전^{AC Propulsion}을 소개해 주기도 했다. 이 회사는 전기 자동차 기술을 개발하고(특히 현재의 드라이브트레인^{drivetrain, 엔진과 함께 바퀴에 동력을 전달}

하는 차량의 부품_옮긴이 시스템을 대체하고자 했다), 자동차 회사에 공학 지원을 제공하기 위해 1992년에 창립되었다. AC 프로펄전에서 개발한 티제로^{tzero}라는 전기 스포츠카 시제품에는 회생 제동과 같은 혁신이 포함됐고, 이 차는 4.07초 동안 시속 0에서 97㎞까지 극적인 가속을 낼 수 있다. 또한, 티제로보다 화려함이 떨어지는 이박스^{eBox}라는 5도어 해치백 전기 자동차도 작업하고 있었다. 머스크는 티제로를 몰아 본 뒤 만족스러워하며 이 자동차의 시장 출시에 투자하고 싶어 했으나 이 제안은 진전되지 못했다. 하지만 이 일을 계기로 머스크는 자신의 전기 자동차를 만드는 일에 관심을 두게 되었다.

이 모든 일이 일어나는 동안 캘리포니아주에 기반을 둔 2명의 엔지니어도 자신들만의 리튬 이온 차량을 개발하고 있었다. 그들은 마틴 에버하드와 마크 타페닝이었다. 두 남자는 전기 엔지니어인 동시에 타고난 사업가였고 그들이 전기 자동차로 생각을 돌렸을 무렵 둘 다 합작 사업으로 엄청난 성공을 이룬 상태였다. 둘은 1996년에 누보미디어^{NuvoMedia}를 창립해서 세계 최초의 전자책 단말기 로켓 이북^{Rocket eBook}을 개발했다. 비록 로켓 이북은 2000년대까지 버티지 못했지만, 누보미디어 자체는 2000년 젬스타 TV 가이드 인터내셔널^{Gemstar-TV Guide International}에 1억 8,700만 달러에 인수되었다. 이제 이 2명의 사업가에게는 다른 프로젝트에 투자할 돈이 있었다.

　머스크와 마찬가지로 에버하드도 AC 프로펄전의 방향을 전기 자동차로 바꾸려고 시도했지만, 잘 진행되지 않자 직접 회사를 창업하기로 마음 먹는다. 2003년 7월 1일에 창립된 회사의 명칭은 전설적인 세르비아계 미국 엔지니어이자 발명가의 이름을 따서 지었다. 이 회사는 테슬라 모터스였다.

실패해도
꿈은 변하지 않는다

ELON MUSK

어려움을 극복할 능력이
내 안에 있다

테슬라가 자동차 스타트업으로서 겪은 어려움과 지금까지 머스크와 그의 팀이 회사와 제품을 위해 했던 일을 제대로 이해하려면 배경 설명이 필요하다. 오랜 시간 동안 우리 주변에 보이는 자동차 상표는 포드^{Ford}, BMW, 토요타^{Toyota}, 제너럴 모터스, 재규어^{Jaguar} 등 예상할 수 있는 익숙한 이름이었다. 이렇게 자동차 생산업체가 몇 개 없는 주요 이유는 (소규모로 맞춤 생산하는 자동차 업체를 넘어서고 싶을 경우) 이 시장으로의 진입을 가로막는 재무 및 생산 장벽이 높기 때문이다. 초기 콘셉트부터 R&D, 시제품 작업, 시험, 최종 생산 디자인에 도달하기까지 신규 자동차 개발과 관련된 산업 비용은 혁신의 정도나 이전 차량의 재활용 여부에 따라 10억 달러에서 60억 달러가 들어간다. 개발 과정에는 엄청난 고정 비용이 들어가며 전용으로 운영되는 경우가 많은 고가의 시설에 엔지니어 수백 명이 투입된다. 또한 방대한 생산 기지, 수천 명의 공장 현장 직원, 로봇 군단, 원자재 수천 톤, 수십만 개의 부품, 장거리 운송 등 제조 문제가 걸려 있다. 자동차 생산을 시작하면 예측하기 어려운 주요 경제 변화에 민감하게 반응하는 잔혹할 정도로 경쟁이 심한 시장에서 이익을 남기고 판매되어야 한다. 신규 자동차의 이윤 폭은 제조업체와 당시 시장 상태에 따라 극심한 차이가 나지만 보통 10~20퍼센트 범위에 속한다. 하지만 주요 자동차 생산업체의 순이익을 합산해 보면 보통 한 자릿수이거나 손실을 보고 있다.

메시지는 간단해 보인다. 자동차 사업에 진입하고 싶다면 은행에 수십 억을 가지고 있어야 하고 거대한 개발 및 제조 기반 시설, 매력적인 제품이 필요하다. 규모가 아무리 큰 회사라도 안전하지 않다. 세계 최대 자동차 생산업자 다수가 파산 수속에 들어갔고 이 중 일부는 다른 쪽에서 개조된 형태로 부활했지만, 많은 이가 살아남지 못했다. 하지만 머스크는 다른 관점을 가지고 있다. 2021년 3월 트위터에 그는 깊은 뜻이 담긴 말을 남긴다.

'수천 개의 자동차 스타트업 중 파산하지 않은 회사는 테슬라와 포드밖에 없다. 시제품은 만들기 쉽지만, 실제 생산은 어렵다. 현금 유동성이 바닥나지 않도록 유지하는 일은 몹시 고통스럽다.'

테슬라에서 머스크가 겪은 경험을 기준으로 보면 모든 측면에서 그가 한 말은 옳았다.

전기로만 움직이는 슈퍼카

자동차의 대량 생산을 가로막는 높은 장벽을 고려하여

에버하드와 타페닝이 구상한 테슬라는 고급 자동차를 개발하는 회사였다. 그들의 목표 고객은 환경친화적인 미래를 받아들이는 부자였다. 이들은 유행에 맞게 자신의 부유함과 환경을 사랑하는 마음을 표현해 줄 스포츠카를 찾고 있었다. 이는 머스크가 결국 이어받게 되는 영리한 전략이었다. 미래에 자동차가 더 큰 규모의 대량 생산으로 넘어간다는 측면에서 초기에 생산한 차가 더 큰 규모의 경제

economies of scale, 대량 생산을 해서 생산비보다 생산량이 더 많이 증가함에 따라 원가가 절감되는 현

상_옮긴이를 일으킬 신규 모델 출시에 필요한 종잣돈을 제공해야만 했다. 에버하드와 타페닝은 많은 돈을 소유하고 있었지만, 완전히 처음부터 새로운 자동차를 개발할 연구 개발 자원은 소유하지 않고 있었으므로 과정을 간소화할 방법을 찾으려고 노력했다. 처음 계획은 AC 프로펄전이 개발한 동력 공급 기술에 대한 특허를 받아서 우아한 로터스 엘리스Lotus Elise의 차대와 결합하는 것이었다(전기 자동차 부품이 들어가려면 이 차대를 127㎜ 확장해야 했다). 그렇게 해서 딜러를 통해 자동차를 판매하지 않고도 자동차에 대한 대중의 관심을 끌어모아 고객에게 직접 판매하려고 했다.

재치 있는 계획이었지만, 전통적인 개발 비용을 많이 생략하더라도 시제품 제작에는 여전히 많은 돈이 필요했다. 그들에게는 투자자가 필요했다.

일론 머스크는 이제 본격적으로 이 일에 끼어들었다. 세 남자는 로스앤젤레스에서 만났고 머스크는 계획에 투자하기로 했다. 머스크는 테슬라 전기 자동차를 만드는 데 650만 달러를 투자했다. 투자 규모 때문에 머스크는 회사의 최대 주주이자 회장 자리를 차지하게 됐다.

이 남자들은 재능 있는 엔지니어들을 모아 팀을 꾸렸고 캘리포니아주 샌마테오 카운티의 샌 칼로스에 워크숍 시설을 구매해서 회사를 차렸다. 머스크는 스트라우벨을 회사로 재빨리 데려와서 그에게 이 자동차의 진정한 핵심 구성 요소인 배터리 저장 팩의 개발을 맡긴다. 리튬 이온 동력 공급이 이 단계에서 여전히 실험 초창기에 있었다는 점을 기억해야 한다. 스트라우벨과 그를 도왔던 이들이 청정 에너지 기술의 진정한 최첨단에 있었고 그들의 재능과 혁신에 많은 것이 달려 있었다.

테슬라는 대형 자동차 제조업체의 시설과 비교하면 단순

한 작업장에서 18명밖에 되지 않는 팀으로 2004년 10월과 2005년 1월 사이에 실제로 작동하는 시제품을 설계하는 엄청난 위업을 달성했다. 이러한 성과를 이룰 수 있었던 부분적인 이유는 가볍고 신속한 경영 프로세스 덕분이었다. 새로운 자동차의 이름은 로드스터였다. 이 차량을 시험 운전해 본 머스크는 제품과 제작 과정 모두에 고무되어 자동차에 개인 재산 900만 달러를 추가로 투자했다. 더 나아가 2006년에서 2007년 사이에는 신기술을 갈망하며 결과물의 한몫을 선점하고자 했던 벤처 자본가와 투자자로부터 1억 500만 달러를 끌어왔다. 여기에는 발로어 에퀴티 파트너스Valor Equity Partners, 드레이퍼 피셔 저베슨Draper Fisher Jurvetson, 구글의 공동 창립자 세르게이 브린Sergey Brin과 래리 페이지Larry Page, 컴퍼스 테크놀로지 파트너스Compass Technology Partners, 전임 이베이 회장 제프 스콜Jeff Skoll이 포함됐다.

시제품 단계에 도달했어도 여전히 갈 길은 멀었다. 열축적을 제어할 방법과 수천 개의 개별적이지만 연결된 배터리(최종 생산된 로드스터는 각 유닛에 6,831개의 배터리가 들어 있다)에서 불이 나는 것을 방지할 방법 등 신기술과 끝없는 공학적 도전을 해야 했다. 이들은 엘리스 차체에서 벗어나 탄소 섬유를 가지고 테슬라 브랜드에 맞춤 생산된 무엇인가를 만들겠다고 결정했다. 테슬라의 초기 홍보 자료를 살펴보면, 테슬라는 생산된 로드스터가 엘리스의 전기 버전일 뿐이라는 널리 퍼진 생각을 깨뜨리고자 했다는 사실을 알 수 있다. 영업 마케팅 및 서비스 부문의 데릴 시리Derryl Siry 부사장은 2008년 3월 '근거 없는 믿음 깨부수기Mythbusters' 블로그에 2부로 구성된 글을 통해 '테슬라 로드스터에 대한 오해 중 하나는 로드스터가 로터스 엘리스의 전기 버전이라는 것'이라고 알렸다. 그는 로드스터와 엘리스가 실제로 겹치는 부분은 7퍼센트밖에 되지 않는다고 설명했다.

테슬라는 로터스 엘리스와 완전히 다른 드라이브트레인, 차체 패널, 알루미늄 통, 후면 보조 프레임, 브레이크, ABS 시스템, HVAC, 현가장치를 제외하면 비슷하다고 말할 수 있습니다. 테슬라에는 연료 탱크, 배출 장비, 배기가스가 없습니다. 만약 여러분이 엘리스를 테슬라로 바꾸려고 하면서 테슬라에 없는 부품을 버리기 시작한다면 기본적으로 창문 유리, 계기판 화면(에어백까지 완비된!), 프론트 위시본, 여닫을 수 있는 자동차 덮개 정도밖에 남지 않을 것입니다.

투자자에서 CEO까지

머스크는 스스로 새 자동차의 설계 과정에 깊숙이 관여하면서 차량의 기능과 배치에 주기적으로 기여했다. 곧 무대에 오를 예정인 차에 대한 흥분을 일으키며 대중의 관심을 최고조로 끌어올리기도 했다. 이는 실리콘 밸리의 노하우, 과시적 소비, 고급 성능, 환경적 인식이 전에 없었던 방식으로 융합된 결과였다.

2006년 7월 19일 자동차는 샌타모니카 공항의 비행기 격납고에서 열린 초대자만 입장할 수 있는 행사 중에 공개됐다. 350명 남짓 되는 유명인, 비즈니스 리더, 영향력 있는 미디어 종사자가 참석하여 두 번째 로드스터 시제품인 EP2를 구경했다. 개발 팀이 아직 해결하지 못한 기술 문제는 논의 대상이 아니었다. 대신 청중 앞에 전시된 9만 달러짜리 자동차는 4초 만에 시속 97㎞로 가속할 수 있고 1회 충전 뒤 주행할 수 있는 거리가 400㎞였으며 슈퍼카에 있을 거라 기대하는 모든 부가 기능을 갖추고 있었다. 머스크는 "지금까지 출시된 모든 전기 자동차는 엉망이었다"라고 강조하며 이 자동차에 대한 흥미를 돋우었다.

선주문이 쏟아져 들어왔고 미디어는 달아올랐다. 하지만 작업장 뒤편에서는 일이 심각하게 잘못되고 있었다. 테슬라가 자동차를 만들고 개발하는 전통 노선에 도전하는 기업이라는 사실에는 의심할 여지가 없다. 테슬라는 연구 개발에 들어가는 고통스러운 비용 몇 가지를 건너뛸 특별한 방법을 찾아냈다. 예를 들어 로드스터 시제품을 영하 온도에서 시험하기 위해 고가의 산업 시설로 가져가는 대신 간단하게 대형 냉동 트럭을 사서 개조했다. 하지만 로드스터의 생산과 전면 출시를 시도할수록 관련된 일정이 지연되고 문제가 불어났다. 변속기에 심각한 문제가 있었는데, 평균 3,200㎞ 정도에서 고장 나는 것으로 밝혀졌다. 타이에 짓고 있던 배터리 생산 공장은 최소한 초기에는 처참할 정도로 목적에 부적합했다. 국제 생산 시스템이 복잡했기 때문이다. 차체 패널은 프랑스, 엔진은 타이완, 배터리 팩은 타이(부품은 중국에서 배송됐다)에서 생산된 뒤 영국으로 운송됐다. 로드스터는 로터스가 영국에서 자동차 차체를 조립하고 배터리 팩을 설치하고 나서야 미국으로 배송됐다.[21] 문제가 통제할 수 없는 지경에 이르렀고 특히 투자자의 돈이 걱정스러운 속도로 소진되고 있었다.

경영진 사이에서도 긴장감이 조성됐다. 머스크는 〈뉴욕 타임스〉에 실린 테슬라의 프로필이 테슬라의 최대 주주인 자신보다 에버하드와 자동차에 더 집중한 것에 대해 격노했다.[22]

에버하드가 자동차 설계에 머스크가 자주 간섭한다고 느끼면서 상황은 더 나빠졌다.

문제는 결국 최고조에 이르렀다. 발로어 에쿼티에서는 테슬라에 무슨 일이 일어나고 있는지 분석하라며 똑똑하고 노련한 팀 왓킨스^{Tim Watkins}를 보낸다. 그는 통제를 벗어나

21) 애슐리 반스의 저서, 『일론 머스크(2015)』, 173쪽
22) 애슐리 반스의 저서, 『일론 머스크(2015)』, 167~168쪽

급격히 증가하는 비용, 형편없는 재무 관리, 차량 기능 고장과 주요 공급자 문제 등 혼돈이 점점 불어나고 있다는 인상을 받고 떠난다. 테슬라는 실제로 자동차 1대당 약 11만 5,000달러의 손실을 보게 된다.[23] 왓킨스가 머스크와 이사회에 보고를 마치자 경영진 사이에서 변화의 움직임이 일어났다. 2007년 8월 에버하드는 CEO 자리에서 밀려나 기술 총괄이 됐다(타페닝은 전기 공학 부문의 부총괄직을 맡고 있었다). 이사회 임원이자 제조 물류 전문가인 마이클 마크스Michael Marks가 임시로 CEO 역할을 맡으며 테슬라의 생산 과정에 조직적인 질서를 가져오려고 노력한다. 2007년 12월 기업가 제브 드로리Ze'ev Drori가 마크스를 대체한다. 에버하드와 타페닝이 2008년 1월에 머스크와 사이가 나쁜 상태로 테슬라를 떠났다는 점도 눈에 뜨인다. 이어진 10월에 머스크가 테슬라 CEO의 자리에 올랐다.

2008년에는 세상이 일론 머스크의 앞길을 가로막으려고 작정한 것처럼 보였다. 머스크의 공격적이고 참여적인 경

---

23) 애슐리 반스의 저서, 『일론 머스크(2015)』, 175쪽

영 스타일에 힘입어 테슬라는 로드스터를 생산 단계로 진입시키는 데 성공했다. 그와 동시에 '화이트스타Whitestar'라는 임시 이름으로 불렸던 또 다른 자동차를 개발하는 중이었다. 이 차는 고급 스포츠카에서 중산층 가족용 자동차로의 시장 확장을 겨냥한 5도어 세단인 모델 S가 된다. 나중에 모델 S는 테슬라를 구원하고 온전하게 만들어 주지만, 이는 미래에 일어날 일이다.

2008년으로 돌아가 보면 테슬라는 매일 약 10만 달러 정도 손실을 보고 있었고 1천 대가 넘는 로드스터가 예약되어 있었지만 생산과 품질 문제 때문에 50대밖에 고객에게 인도되지 못했다. 언론에서는 이 벼락출세한 회사에 대한 회의론이 불거졌다.

무엇보다 금고가 말라 가기 시작하면서 머스크에게는 살아남기 위한 돈이 필요했다. 파산이 눈앞에 닥쳐왔다. 그는 투자자, 직원, 친구 등 찾을 수 있는 모든 자금 공급처에 연락했다. 그는 개인 재산을 회사를 위해 사용하고 솔라시티에 가지고 있었던 많은 양의 지분을 팔았다. 머스크의 투자처 중 하나였던 에버드림Everdream, 머스크의 사촌이 창립한 회사로. 원거리 사무실과 데이터 서비스를 제공하는 회사이 델Dell 컴퓨터에 3억 4,000만 달러에 인수되자 머스크에게 테슬라에 곧바로 투자할 수 있는 1,500만 달러가 생기면서 구명 밧줄이 던져졌다. 스페이스 엑스 역시 우주 경주에 참여하는 비용을 내기 위해 몸부림치는 등 돈이 필요한 상황이었지만 테슬라에 돈을 빌려 주었다. 하지만 돈은 여전히 모자랐고 2008년 크리스마스가 가까워지면서 머스크의 임금 지급 기한이 몇 주 앞으로 다가왔다.

이 끔찍한 해 중 틀림없이 최악이라고 말할 수 있는 순간이 12월 초에 닥쳤다. 투자자들은 테슬라의 가치 평가에 의문을 제기했다. 그러자 머스크가 직접 유치한 2,000만 달러로 밴티지포인트 캐피탈 파트너스VantagePoint Capital Partners와 체결한 계약이 갑자기 벽에 부딪혔다. 머스크는 이 벤처 캐피털이 테슬라의 최종 통제권을 가져가서 대형 자동차 생산업체에 회사를 넘기려는 계책을 시도하고 있는 걸지도 모른다고 의심하기 시작했다. 심하게 압박받는 상황에서 머스크는 흥분을 가라앉히며 또 다른 스페이스 엑스 대출을 통해 테슬라에 직접 자금을 대겠다고 주장하기도 했다. 크리스마스이브 날 테슬라가 문을 닫기 몇 시간 전에 머스크는 가까스로 자금을 지원받았다.

2004년에 테슬라는 로드스터 개발 비용이 2,500만 달러라고 추정했다. 2008년에 로드스터를 개발하는 데 투입된 실제 비용은 1억 4,000만 달러였다(단, 이 비용은 더 큰 범위의 자동차 산업이 사용하는 금액보다 훨씬 저렴하긴 하다). 머스크는 팀을 무자비하게 밀어붙였고 늘 많은 사람의 눈에 불가능해 보이는 비용, 일정, 품질을 요구했다. 머스크와 일했던 임원들은 무엇인가 불가능하다고 말한 사람은 해고당하는 경우가 많았고 머스크가 빈자리를 직접 채운 뒤 그 직원이 할 수 없다고 주장했던 그 일을 해냈다고 말한다.

머스크와 직원들의 노력으로 매출이 증가하기 시작했다. 대형 자동차 생산업체의 규모를 기준으로 봤을 때 테슬라의 매출 수치는 그렇게 엄청나다고 할 수 없었다. 하지만 이때가 수백 군데의 기업이 망하고 수십만 명이 직장을 잃었던 글로벌 금융 위기의 해였다는 사실을 기억하자. 테슬라는 살아남았을 뿐 아니라 획기적인 신제품을 가지고 번창하게 될지도 모른다는 조짐을 자신만의 방식으로 드러냈다. 이 기업은 투자자들에게 인기 있는 자산이 되었다.

돌파구를 찾아라

로드스터는 테슬라에 돌파구를 마련해 준 자동차가 되지 못했다. 2012년 1월에 로드스터 생산이 중단됐기 때문이다. 로드스터는 6달 뒤 출시된 테슬라의 두 번째 제품인 모델 S에 자리를 내어 주게 된다.

모델 S는 테슬라의 다음 진화 단계였다. 모델 S 역시 고급 자동차였지만, 스포츠카가 아니라 5만 달러에서 7만 달러 사이 가격으로 판매되는 고품질 5도어 세단이었다. 이 모델은 테슬라 전기 자동차가 지닌 성능, 경제성, 환경적 이점을 전부 지니고 있었고 여기에 이 자동차를 매력적인 선택지로 만들어 줄 다양한 최첨단 기능이 추가됐다. 생산 단계를 향한 길에는 많은 문제, 방해물, 갈등이 놓여 있었다. 차원이 다른 머스크의 요구에 맞는 설계와 기능을 내놓는 일은 팀원들에게 어려운 과제였다. 전반적인 첫인상을 책임지는 과제는 자동차 디자이너이자 사업가인 헨릭 피스커Henrik Fisker에게 주어졌다. 피스커는 BMW, 포드, 애스턴마틴Aston Martin에서 일한 경력이 있을 뿐 아니라 자신의 자동차 회사인 피스커 코치빌드Fisker Coachbuild도 경영한 경험이 있다. 그의 초기 디자인은 별로 호응을 끌지 못했고 회사에 있는 많은 이들이 시시하다고 여겼다. 그 뒤 2007년에 피스커는 자신의 디자인 회사 피스커 오토모티브Fisker Automotive를 창립하기 위해 회사를 떠났고 2008년에 피스커 카르마Fisker Karma라는 눈부시게 아름다운 하이브리드 고급 스포츠카(이후 완전한 전기차가 됐다)를 공개했다. 테슬라는 피스커가 테슬라에서 일하는 동안 디자인 아이디어를 도용했다며 소송을 제기했지만, 결국 피스커가 승리했다.

피스커의 자리를 대체한 프란츠 폰 홀츠하우젠Franz von Holzhausen은 앞서 볼보Volvo, 제너럴 모터스, 마쯔다Mazda에서 근무했던 재능 있는 인재였다. 그는 대형 자동차 생산업체의 기업 문화에서 벗어나 창의적인 자유를 찾고 싶어 했다. 스페이스 엑스 공장 안에 있는 작업실에서 일하며 폰 홀츠하우젠과 소수의 엔지니어로 구성된 팀은 모델 S의 배치도와 외관을 약 3달 만에 신속하게 만들었다. 머스크는 근처에 머무르면서 작업 과정을 레이저 같은 눈빛으로 세심히 살폈다.

모델 S에는 머스크가 관여한 부분이 많다. 모든 윤곽, 버튼, 기기, 기능 중에서 그의 시선을 벗어난 것은 없다. 머스크는 작은 개선이 이루어질 때마다 자동차를 살펴보거나 운전한 뒤 개선할 점을 나열한 긴 목록을 가지고 왔는데, 소문에 의하면 이 목록은 종이가 아니라 머스크의 머릿속에 기록됐다. 머스크는 필요한 수정 사항을 부하 직원에게 말한 뒤 추가 작업을 마친 자동차를 다시 받으면 문제가 됐던 각각의 사안을 기억하며 만족스러운 수준으로 해결됐는지 확인했다. 자동차의 외관과 내관에서 혁신이 흘러넘쳤다. 전형적인 자동차 계기 화면 대신 인터넷이 완전히 작동하는 43㎝ 크기의 커다란 중앙 터치스크린 컴퓨터가 탑재됐다. 이는 자동차에 설치되거나 테스트된 적이 한 번도 없는 특징이다. 자동차의 손잡이는 사용하지 않을 때 안으로 들어간다. 가장 큰 혁신은 머스크가 철 대신 알루미늄으로 만들어야 한다고 결정한 차체였다. 알루미늄을 쓰면 무게를 상당히 줄일 수 있지만(자동차와 배터리 성능을 증가시킨다), 차체로 만들기는 훨씬 어렵다.

모델 S는 오랜 기간 철저한 개선 작업을 마친 뒤 2009년 3월에 드디어 모습을 드러냈다. 최첨단 기술과 한 번도 들어 보지 못한 서비스 지원으로 무장한 이 새로운 자동차가 공개되자 언론에서 열광적인 피드백을 쏟아 내며 관심을 보였다. 그뿐만 아니라 그동안 잘난 체하며 테슬라를 무시하던 대형 자동차 생산업체도 드디어 관심을 보였다. 일부는 테슬라의 혁신을 받아들이기도 했는데, 특히 다임러 Daimler AG, 메르세데스−벤츠 브랜드의 소유주가 5,000만 달러를 투자하며 테슬라의 지분 10퍼센트를 획득했다. 테슬라는 다임러 자동차를 위한 배터리 팩과 충전기 기술을 개발하게 되지만(테슬라가 모델 S를 개발할 때 메르세데스 CLS를 기준으로 했다는 점에 주목하라), 여전히 자동차를 충분히 생산할 방법을 찾아야 했다. 요약하자면 테슬라는 공장과 공장에 들어가는 온갖 부품이 필요했지만, 그것들을 갖추려면 엄청난 돈이 필요했다.

두 가지 돌파구가 이 문제를 해결했다. 첫째, 테슬라는 2009년 6월에 미국 에너지부로부터 첨단 기술 차량 제조

대출 프로그램의 일부로 4억 6,500만 달러의 대출을 받는다. 이때 특출난 능력을 지닌 테슬라의 사업 개발 부문 부사장 디어뮈드 오코넬Diarmuid O'Connell의 공이 컸다. 이 자금은 새로운 공장 건설에 사용하려고 확보한 것이었지만, 또 다른 행운의 기회가 나타났다. 테슬라가 정부 대출을 얻어냈던 달에 제너럴 모터스가 파산 신청을 하면서 1980년대에 제너럴 모터스와 토요타의 합작 벤처로 건설된 캘리포니아주 프리몬트의 거대한 자동차 조립 공장이 갑자기 시장에 나왔다. 테슬라는 단돈 4,200만 달러로 모든 생산 기술과 실직한 노동자 5,000명을 포함한 공장의 대부분을 넘겨받았고 토요타는 5,000만 달러를 투자해서 테슬라의 지분 2.5퍼센트를 가져갔다.

모든 퍼즐 조각이 맞춰지고 있었지만, 모델 S를 위한 최고의 기회를 만들려면 더 많은 자금을 모아야 했고 2010년 6월 29일에 테슬라는 나스닥에 신규 상장IPO하며 공개 기업이 되었다. 1956년 포드 이후 미국의 자동차 생산업체가 신규 상장한 경우는 처음이었다. 신규 상장 전에 언론에서 테슬라가 지난 몇 년간 발생시킨 엄청난 손실과 비용을 기반으로 한 분석을 발표했음에도 신규 상장은 성공적이었다. 테슬라는 주당 17달러에 1,330만 주를 발행하며 2억 2,600만 달러를 모았다. 다음 날 주가는 41퍼센트 상승하고 이어진 7월에 놀라운 가격인 130달러를 달성한다.

모델 S는 역사상 가장 위대한 자동차 성공 이야기 중 하나가 됐다. 최신 배터리 팩은 7,920배터리셀로 구성돼 있으며 모델에 따라 401㎞에서 647㎞ 사이를 1회 충전 뒤 주행할 수 있다. 배터리 자체는 양극에 실리콘을 (기존의 그래파이트와 함께) 더해서 에너지 밀도를 증가시켰는데 이는 최첨단 전기 축전지의 위치에 올랐다. 모델 S가 전통적인 휘발유를 연료로 사용하는 자동차였다면 1갤런^{약 3.8리터}당 160㎞ 이상을 달릴 수 있었을 것이다. 자동차의 가장 무거운 부품인 배터리는 차축 사이에 자리 잡고 있어서 자동차가 도로 위를 달릴 때 특출난 안정성을 제공해 준다. 모든 모델이 빠르게 달릴 수 있지만, 그중에서 P100D 모델이 특히 우수한 속도를 자랑한다. 2.28초 만에 시속 97㎞로 가속할 수 있는 P100D는 세계에서 가장 빠른 대량 생산 자동차의 자리에 잠시 올랐었다. 거의 모든 것이 24시간 인터넷에 연결된 디지털 중앙 터치스크린으로 제어된다. 이 연결성은 고객에게 진정한 가치를 선사해 주었다. 자동차의 성능이나 기능에 오류가 생기면 고객은 테슬라에 문제를 보고하고 테슬라 엔지니어가 원격으로 자동차에 로그인해서 자동차의 소프트웨어를 직접 고친다. 가끔은 고객이 잠을 자는 시간에도 수리했다. 시스템에는 테슬라 충전소로 운전자를 자동 안내하는 기능도 있었다.

모델 S의 혁신은 계속되었고, 갑자기 대형 자동차 생산업체들은 테슬라를 따라잡으려고 뒤에서 비틀거리며 쫓아오는 공룡 같아 보였다.

머스크의 기업은 테슬라 고객에게 무료 충전 서비스를 제공하는 충전소를 미국 전역에 만들기 시작했다.

정말 놀라웠던 점은 모델 S에 대한 일부 언론의 찬사였다. 〈컨슈머 리포트〉는 초창기에 생산된 자동차에 대해 다음과 같이 믿기 어려운 찬사를 보냈다.

'이 자동차는 우리가 지금껏 시험해 본 모든 자동차 중에서 가장 뛰어난 성능을 보여 줬다. 다시 한번 말하겠다. 이 자동차는 최고의 전기 자동차일 뿐 아니라 최고의 자동

Elon Musk @elon Musk
12시간 전

2010년 6월 29일 테슬라의 신규 상장일에 일론 머스크가 자녀 2명과 당시 약혼녀였던 탈룰라 라일리(오른쪽에서 두 번째)와 함께 나스닥 마켓사이트NASDAQ Marketsite의 개회 타종식에 참가한 모습.

차다. 이 차는 거의 모든 것을 정말, 정말 잘 해낸다.'

2019년에 〈모터 프레스〉는 2013 모델 S가 '올해의 자동차'일 뿐 아니라 잡지의 70년 역사상 등장한 모든 올해의 자동차보다 뛰어나다고 주장했다.

남들과
다르게 생각하라

ELON MUSK

테슬라,
전기차의 경쟁력을 입증하다

　모델 S 덕분에 테슬라의 상업적 궤적은 가파르게 올랐다. 고급 자동차에서 나온 매출이 궁극적으로 대중 전기 자동차의 개발과 생산에 자금을 제공할 것이라는 테슬라의 최초 논리는 옳았다. 2015년 9월에 회사는 모델 X를 출시했다. 이 고급 중형 세단은 모델 S의 일부를 기반으로

 Elon Musk @elon Musk
14시간 전

2013년 10월 24일, 영국 런던의 웨스트필드 스트랫퍼드 시티 복합 쇼핑몰에 있는 테슬라 판매점에서 휴대전화를 확인하고 있는 일론 머스크. 머스크 옆에는 모델 S 가 전시되어 있다. 테슬라는 전기 자동차 디자인에 혁신을 불러일으켰으며 자동차 가 대중에게 판매되는 방식도 뒤엎었다.

했지만, 팰컨윙 도어falcon-wing door, 머스크가 만든 용어라는 눈에 뜨이는 기능이 있다. 팰컨윙 도어는 위로 솟아오른 뒤 옆으로 펼쳐지며 열리는 문이다. (머스크의 비전에서) 이렇게 설계한 주요 이유는 다른 자동차가 양쪽에 빽빽이 주차되어 있거나 천장이 낮은 주차장에서도 부모가 편리하게 뒷자리에 있는 쇼핑한 물건을 꺼내거나 자녀를 데리고 나올 수 있도록 하기 위함이다.

하지만 진정한 게임 체인저는 2017년 7월 시장에 출시된 중형 세단 모델 3이었다. 이 세단은 중산층 예산으로 상대적으로 감당할 수 있는 가격이면서도 테슬라 전기 자동차의 독특한 품질을 모두 지니고 있는 진정한 대중용 자동차였다. 초기에 언론은 모델 3을 중간급 BMW, 아우디, 벤츠에 끌렸던 사람들에게 새롭게 생긴 선택지라고 평가하며 열광했다. 이 자동차는 2016년 3월 31일 아침에 모습을 드러낸 뒤 이틀 만에 23만 2,000대가 예약됐다. 이후 일주일 만에 그 수치는 32만 5,000대로 늘어났다.

생산 문제가 해결되자 모델 3은 세계에서 가장 많이 판매되는 전기 자동차가 됐다. 2021년 8월에 일부 언론 매체는 모델 3이 100만 대 이상 판매되었다고 보도했다. 더 나아가 이 무렵 테슬라는 또 다른 인기 모델인 모델 Y를 제품군에 포함하고 있었다. 2019년에 공개된 뒤 2020년부터 인도됐던 이 중형 SUV는 모델 X보다 저렴한 선택지를 제공해 주었다(관찰력 있는 독자는 모델 'S', 'X', 'Y'의 철자로 'SEXY'가 거의 완성된다는 사실을 눈치챘을 것이다. 이것은 명백히 머스크가 의도한 것이었다. 알파벳 'E'는 '모델 E'가 포드가 생산한 '모델 T'와 너무 비슷하게 들린다며 포드에서 사용하지 못하게 했다. 따라서 테슬라의 모델 3은 기본적으로 모델 E의 E를 가로로 뒤집어서 '3'으로 지은 것이다). 2021년 말 모델 Y의 판매는 50만을 넘어섰다. 머스크가 전통적인 자동차 회사의 CEO가 되어 간다는 생각을 하기 전에 잠시 머스크가 산업 전체의 전망을 영원히 바꾸어 버린 또 다른 사건 하나를 살펴보자.

광고비 없이 마케팅을 하다

2019년 5월에 디지털 마케팅 컨설팅 기업인 브랜드 토탈^{BrandTotal}은 세계 최대 자동차 기업인 토요타, BMW, 혼다, 아우디, 포드, 인피니티, 캐딜락, 포르쉐, 테슬라의 30일간 소셜 미디어 지출을 분석한 보고서를 만들었다. 이 보고서에서 눈에 뜨이는 결론 중 한 가지는 거의 모든 자동차 기업이 4대 주요 소셜 미디어 플랫폼인 페이스북, 유튜브, 인스타그램, 트위터에 유료 광고비로 많은 돈을 지출하는 동안 테슬라는 정확히 0달러를 냈다는 사실이다. 그러나 이렇게 광고 투자 비용을 지출하지 않은 상황에서도 소셜 미디어에서는 테슬라에 대한 자발적인 활동이 200만 건이나 일어나고 있었다. 이 수치는 220만 건을 기록한 포르쉐에만 뒤처지는 숫자였다. 하지만 포르쉐의 수치는 비용을 낸 활동과 자발적인 활동을 합산한 결과다. 2015년으로 되돌아가서 비슷한 분석을 해 보면 다른 패턴이 나타난다. 글로벌 에쿼티 리서치^{Global Equity Research}가 그해 발행한 보고서에 따르면 테슬라가 자동차 1대당 광고비로 지출한 비용은 6달러밖에 되지 않았다. 아직 0달러가 되지는 못했지만, 여전히 웃음이 나올 만큼 적은 액수다. 이 숫자를 다른 주요 제조업체에서 지출한 비용과 비교해 보자.

토요타−248달러

혼다−258달러

포르쉐(폭스바겐)−267달러

캐딜락(제너럴 모터스)−1,163달러

렉서스(토요타)−1,168달러

피아트(피아트 크라이슬러)−2,158달러

링컨(포드)−2,550달러

재규어−3,325달러

(한리Hanley 2016)

각 자동차 제조업체가 겨루는 시장의 크기와 경쟁력에는 주요한 차이가 있겠지만, 테슬라와 다른 제조업체 사이의 비용 격차는 순전히 이런 말로 일축할 수 없다.

다른 모든 비즈니스 모델에서 그래 왔듯이 일론 머스크는 광고업계에서도 혁신을 일으키는 사람이었다. 그는 돈을 지출하지 않고도 대중의 관심을 끄는 강력한 방법을 찾았다. 브랜드 토탈이 보고서를 냈던 해인 2019년에 포드는 360억 달러, 토요타는 150억 달러, 상대적으로 절제한

BMW는 3억 달러를 광고비로 지출했다. 따라서 머스크가 이 모델을 어떻게 탈바꿈시켰는지 질문해 볼 만하다.

머스크의 마케팅 역량에 대한 의견은 분분하다. Zip2와 페이팔 시기에는 회사 안팎의 많은 이들이 그의 마케팅을 성급하다고 평가했다. 당시 그는 종종 산출 가능한 현실을 넘어 출시 일정과 서비스 해결책에 대해 인상적인 약속을 했다(지금까지도 머스크에 대한 비판점으로 남아 있다). 하지만 머스크처럼 자신이 하는 사업으로 사람들을 열광하게 할 능력이 있는 기업가가 별로 없다는 사실 또한 확실하다. 머스크는 우리가 오늘날 'CEO 주도 마케팅'이라고 부르는 마케팅의 핵심 주창자이다. 'CEO 주도 마케팅'은 리더의 성격, 리더가 제시하는 영감과 가능성이 제품 정보를 움직이게 하고 고객을 생성하며 디지털 미디어 영역에 '흥분'과 널리 퍼지는 에너지를 타오르게 하는 데 활용되는 것을 일컫는다.

머스크의 의심할 여지없는 패기, 모험주의와 혁신, 여기에 복잡한 사생활과 유명인의 지위가 추가되어 그를 흠모하며 따라다니는 거대한 팬층이 형성됐다. '머스킷티어

Muskateer, 본래 의미는 머스킷 총을 사용하는 총사(Musketeer)다_옮긴이'라고 알려진 이 팬층은 머스크가 마케팅 활동을 세상에 전파할 수 있는 역동적이고 열정적인 커뮤니티다. 머스크가 트위터에 레이디 가가Lady Gaga, 아리아나 그란데Ariana Grande, 테일러 스위프트Taylor Swift보다 조금 못 미칠 뿐인, 8,100만 명이 넘는 팔로워를 보유하고 있다는 사실에 주목하라. 머스크는 빈번하게 활동하는 활발한 트위터 사용자다. 그는 질문에 답하고 앞으로 일어날 일에 대한 짓궂은 힌트를 남긴다. 또한 사회 각계각층의 사람 그중에서도 특히 기술, 혁신, 기업가 정신에 대해 그와 같은 취향을 지닌 이들과 관계를 맺으며 팔로워와 성실하게 교류한다. 로드스터가 카메라 앞에서 지구를 지나쳐 간 지 얼마 지나지 않아 비즈니스 인사이더 닷컴Businessinsider.com에서 발행한 마크 마투섹Mark Matousek의 기사는 소셜 미디어에 드러난 머스크의 친근한 목소리를 다뤘다.

머스크는 소셜 미디어를 통해 사람들을 열광시키는 재능을 보여 주기도 했다. 머스크의 트위터 계정처럼 홍보 팀이 작성하지 않은 것 같은 계정을 가진 CEO는 거의 없다. 게다가 그의 솔직함은 호감이 가고 효과적이다. 그는 테슬라 고객이 가지고 있는 걱정과 질문에 답하고 새로 출시될 기능과 관련된 장난을 치고 농담을 하면서 회사에 대한 엄청난 양의 뉴스거리를 만들어 낸다.

더 나아가 머스크가 트위터에서 하는 이야기의 내용은 흥미롭고 다양하고 카리스마가 있다. 성공이나 문학과 관련된 그의 전반적인 생각을 수다스럽게 떠들다가 항공 우주 공학이나 물리학의 이해하기 어려운 지점을 캐묻는다. 그의 트위터는 활기 넘치고 역동적인 영역이며 머스크의 유명세 덕분에 인기를 얻는다. 사람들은 머스크가 하는 일뿐 아니라 머스크의 생각과 태도, 머스크가 구매하는 물건과 읽는 책에도 관심을 가진다.

소셜 미디어를 활활 타오르게 만든 머스크의 크고 화려한 마케팅 활동 역시 집고 넘어가야 한다. 2019년에 테슬라 로드스터를 우주로 발사시켰던 사건이 이러한 마케팅 활동의 최고봉이다. 우리는 이 충격과 우스꽝스러운 짓을 통해 대중의 관심을 끌어모은 무모함의 표현이라고 보아

Elon Musk @elon Musk

5시간 전

Elon Musk ✔

@elonmusk

📅 Joined June 2009

113 Following   81.3M

트위터는 머스크가 자신의 관점, 메시지, 제품 마케팅을 세상에 퍼뜨리는데 사용하는 가장 강력한 도구 중 하나이며 8,000만 명이 넘는 세계인이 그의 계정을 팔로우한다. 2022년 4월에 머스크는 트위터 회사를 440억 달러에 샀다.

서는 안 된다. 〈광고 시대〉의 마크 웨넥은 '한낱 인간들이 방송 시간 몇 초를 따내려고 수백만 달러를 지출하면서 허우적거리는 동안' 머스크는 '그냥 그의 비전을 실행했다'라는 점을 알리면서 머스크가 젊은 사람에게 도달하는

데 '나머지보다 훨씬 앞서 있었다'라고 밝혔다.

로드스터를 발사했던 사건은 우주, 기술, 자동차 전문 잡지의 여러 문단을 차지하며 우주 탐사, 전기 자동차의 미래, 자율 기술의 가능성 같은 주제에 대한 인식을 고조시켰다. 그러면서 이 아이디어들에 머스크라는 브랜드가 붙었다. 머스크의 마케팅 수법이 자주 그렇듯이 미디어는 그가 일으키는 대화를 팔로우하고 효과적인 마케팅 활동을 해 준다.

머스크는 소셜 미디어와 바이럴 광고^{어떤 기업이나 회사의 제품을 소비}^{자의 힘을 빌려 알리는 일-옮긴이} 방식으로 대중의 관심을 끌어모으는 것의 힘을 확실히 이해하고 있다. 또한 최종적으로 성공 이야기를 앞으로 나아가게 하는 요인이 제품에 대한 고객 만족이라는 사실을 알고 있다. 주변을 아무리 크게 열광시키려고 해도 제품에 문제가 있다면 궁극적으로 상업적인 관심을 얻지 못할 것이다. 테슬라에서 광고비를 전혀 지출하지 않은 이유는 마케팅에 돈을 쓸 필요가 없기 때문이 아니라 마케팅에 대한 최고의 투자는 사람들이 사랑하는 제품을 만드는 일이라는 사실을 알고 있기 때문이다. 이에 대해 한

텔레비전 인터뷰에서 머스크는 다음과 같이 말했다.

테슬라에서 정말 집중하는 건, 그러니까 저희는 모든 돈과 관심을 최대한 매력적인 제품을 만드는 데 쏟아붓습니다. 왜냐하면, 저는 어떤 제품이든 입소문을 통해 판매된다고 생각하기 때문이죠. 자, 누군가가 자동차를 샀는데 그 차가 정말 마음에 들었다고 해 봅시다. 사실 핵심은 사람들이 매우 좋아하는 제품을 만드는 거예요. 대부분 사람은 파티에 가서라든지 친구나 누군가와 이야기를 나눈다면 자기가 아주 좋아하는 것에 대해 이야기하곤 하죠. 그런데 어떤 걸 조금 좋아해서 '그건 그냥 그래'라는 식이라면 별로 관심이 없을 거예요. 하지만 어떤 걸 많이 좋아한다면 여러분은 그것을 주제로 이야기할 테고 그러면 입소문이 나겠죠. 테슬라의 판매량은 바로 이렇게 늘어났습니다. 저희는 광고나 홍보에 돈을 쓰지 않아요. 그러니까 누군가가 저희 자동차를 산다면 그냥 저희 차를 좋아해서 산 거예요.

제품 개발에 대한 머스크의 초점과 고객에 관한 아마존

창업자인 제프 베이조스의 극단적인 초점 사이에 공통점이 있을지도 모른다. 둘 다 기본적으로 제품이든 서비스이든 고객의 만족을 우선순위로 두면 나머지는 대체로 알아서 해결될 것이라는 각도에서 공격을 시작한다.

트위터와 정치 사이에서

머스크에게 트위터는 그의 특출난 마케팅 능력을 행사하는 주요 도구 중 하나였다. 점점 늘어나는 충성스러운 팔로워 군단 속으로 의견을 깊고 넓게 퍼뜨리면서 미래 계획에 대한 수수께끼 같은 힌트를 가지고 비즈니스 리더, 분석 전문가, 미디어를 유인했다. 하지만 머스크가 트위터를 통해 휘두른 대중적 영향력은 여러 방면에서 질문과 지적을 받아왔는데, 미국 정부가 특히 의문을 가졌다. 2018년 8월 7일에 머스크는 다음과 같은 메시지를 트위터에 올렸다.

'420달러에 테슬라를 비공개 기업으로 전환할지 고민 중이다. 자금은 확보했다.'

머스크가 테슬라를 상장한 지 8년밖에 되지 않았다는 사실을 고려할 때 이 메시지는 확실히 중요한 뉴스였다. 같은 날 머스크는 회사 직원들에게 자신이 생각하는 회사의 재무 비전을 설명하는 장문의 이메일을 보냈다. 늘 그렇듯이 이런 기록은 머스크가 사업가로서 활약하는 방식을 이해하는 데 실마리를 제공한다. 그는 직원들에게 '아직 최종적으로 결정된 건 아니지만, 이건 테슬라가 최상의 상태로 작동할 수 있는 환경을 만들기 위해 내린 결정입니다'라고 설명했다. 우선 머스크는 테슬라가 전략적인 관점에서 먼 지평선을 바라보는 기업이라는 개요를 서술했다. 그뒤 '테슬라에서 일하는 모두가 테슬라의 주주이기도 하므로 우리 회사 주가의 난폭한 변동이 직원들에게 큰 방해물이 될 수 있습니다'라며 맥락을 설정했다. 그러고는 공개기업으로 남으면 테슬라의 능률이 더 중요한 미래의 목표보다 분기별 수익 사이클 안에 갇히게 된다는 설명을 덧붙였다.

'저는 모든 사람이 실행에 집중하고 있을 때, 그리고 우리의 장기 임무에 집중된 상태를 유지하면서 모두가 달성하려는 것을 해하려는 비뚤어진 동기가 없을 때 최고의 성

과를 낼 수 있다고 믿습니다.'

그는 사기업이 달성할 수 있는 효율의 '완벽한 예시'로 스페이스 엑스를 꼽았다.

분량이 더 길었던 두 번째 이메일에서 머스크는 이 모든 것이 테슬라 직원들에게 어떤 의미인지 구체적으로 설명했다. 그는 테슬라와 스페이스 엑스를 병합할 의도가 없었다. 또한, 테슬라의 비공개 전환 가능성에 '내 통제권을 강화하려는 목적은 전혀 없다'라는 점을 반복하기도 했다. 회사의 비공개 전환이 그가 현재 쥐고 있는 20퍼센트 지분에 미미한 효과밖에 주지 못할 것이라고 말했다. 머스크는 이렇게 마무리 지었다.

'비공개로 전환된 테슬라는 궁극적으로 우리 모두에게 어마어마한 기회가 될 것입니다. 어떻게 되든 장래는 아주 밝고 우리는 우리의 임무를 달성하기 위해 계속 싸울 것입니다.'

이메일에 따르면 기회와 현실 사이에 놓여 있는 장애물은 주주 투표밖에 없었다.

이 이메일은 장기 비전에 집중하고 눈앞의 재무적 고려

사항보다 제품 개발을 우선시하며 외부 압력이 장기적인 개발을 왜곡하는 현실을 허락하지 않는 머스크 특유의 관점을 강화했다. 설득력 있는 내용이었다. 그러나 머스크의 글에 기분이 썩 좋지 않았던 조직이 한 곳 있었다. 바로 미국 증권 거래 위원회SEC였다. 미국 정부의 이 덕망 있는 기관은 '투자자를 보호하고, 공정하고 질서 있으며 효율적으로 작동하는 시장 환경을 유지하고, 자본 형성을 가능하게 한다(SEC의 문구를 그대로 옮겼다)'는 3가지 규제적 목표를 수행했다. 머스크의 글에 시장이 반응하자 SEC는 다음과 같은 이유로 머스크에 맞서 조사와 항의를 시작했다.

SEC는 머스크가 이 잠재적인 거래가 불확실하고 여러 예상하지 못한 결과를 가져올 수 있다는 사실을 알고 있었다고 주장하며 항의했다. SEC가 항의한 바에 따르면 오해의 소지가 있는 머스크의 글은 8월 7일 테슬라의 주가를 6퍼센트 이상 뛰어오르게 했고 시장에 엄청난 혼란을 일으켰다.

SEC는 머스크가 쓴 글 하나만으로 시장에 얼마나 큰 영향력이 가해질 수 있는지 암묵적으로 보여 주었다며 머스크를 압박했다. 이어진 9월에 머스크와 SEC는 타협을 이루었다. 머스크와 테슬라 모두 의혹을 인정하지도 부인하지도 않았다. 하지만 합의 조건은 가혹했다.

1. 머스크는 테슬라 회장직에서 물러나야 하며 그 자리는 독립적인 회장으로 대체된다. 머스크는 3년간 회장으로 재선출될 자격을 박탈당한다.
2. 테슬라는 총 2명의 새로운 독립 이사를 이사회에 임명한다.
3. 테슬라는 독립 이사로 구성된 새로운 위원회를 만들고 머스크의 커뮤니케이션을 감독할 추가적인 통제와 절차를 확립한다.
4. 머스크와 테슬라는 각각 벌금 2,000만 달러를 지급한다. 벌금 4,000만 달러는 법정의 승인 절차를 거쳐 피해를 본 투자자에게 분배될 것이다.

머스크는 '표현의 자유 절대론자'라고 스스로를 묘사했다. 특히 머스크는 러시아가 우크라이나를 침공한 주였던 2022년 3월 5일에 트위터에 글을 올리며 이 구절을 사용했다.

'어떤 정부들(우크라이나 아님)이 스타링크에 러시아 언론 매체를 차단하라고 요구했다. 우리에게 총구를 겨누지 않는 이상 그런 일은 일어나지 않을 것이다. 표현의 자유 절대론자라서 죄송합니다.'

머스크는 계속 자유롭게 사색하고 생각을 표현했다. 2019년 2월에 SEC는 회사 변호사의 승인을 먼저 받지 않은 채 테슬라의 기대 생산 수치를 트위터에 올린 행위에 대해 머스크를 법정 모독으로 고발했다. 이에 대해 머스크는 불같이 화를 내며 반박했다.

2021년 11월 SEC는 테슬라에 '개정된 SEC와의 합의 준수 관리 과정'에 대한 정보를 요청하는 공문을 발송했다.

2022년 2월 17일에 머스크와 테슬라는 더 강력히 저항했다. 머스크의 변호사들은 정부 기관이 '정도를 벗어났다'고 하면서 SEC에 이의를 제기했다. SEC가 2018년에 합의했을 당시 받아 간 4,000만 달러를 테슬라 주주들에게 지급하지 않았고 '어마어마한 자원을 머스크와 테슬라에 대한 근거 없는 조사에 끝없이 쏟아붓고 있다'라고 했다. 이에 대해 SEC는 2018년 합의를 일관되게 이행하고 있다고 말하며 이러한 항의에 대해 스스로를 방어했다.

이런 상황은 영향력 있는 개인과 정부 사이에 피할 수 없는 갈등을 반영한 것일지도 모른다. 정권을 잡은 정부의 정치색과 비즈니스 리더가 대중에 미치는 영향력에 따라 이 관계는 변덕스럽게 흔들린다. 머스크는 의심할 여지 없이 이 행성에서 가장 영향력 있는 민간인이고 가까운 미래에도 그렇게 남을 것이다. 우주, 수송, 금융, 에너지, 문화를 포괄한 그의 핵심 관심사가 미국 정부와 국제 정치 조직이 관심을 가지는 분야와 정확하게 겹치므로 머스크는 영원히 정부의 주목을 받을 것이다.

머스크가 투지 넘치는 사업가이고 발전의 길을 가로막는 정치적 방해물을 좋아하지 않지만, 머스크를 단순히 제멋대로 행동하는 자본가라고 묘사하면 안 된다. 식별이 가능하다면 머스크의 정치 관점은 어느 하나의 특정한 방향으로 확연히 쏠려있다기보다 실용주의적이며 사안에 따라 미묘한 차이를 보인다는 사실을 알 수 있을 것이다. 공개 연설에서 그는 스스로를 '절반은 민주주의자, 절반은 공화주의자'라고 묘사했고 민주주의를 찬성하지만 '사회주의'

에 공감한다는 중도주의적인 견해를 밝혔다. 하지만 그는 정치적 영향력을 지닌 인물과 맺는 관계가 얼마나 중요한지 분명히 이해하고 있다. 2012년에 열린 정치를 지지하는 비영리 조사 기관인 선라이트 재단Sunlight Foundation이 머스크의 정치 기부금을 살펴본 뒤 보고서를 발행했다. 이 보고서는 스페이스 엑스가 2002년 창립 이후 '의회 로비 자금으로 400만 달러 이상, 정치 기부금으로 80만 달러 이상을 지출했다'라고 주장했다. 또한 2021년 11월에 CNBC는 스페이스 엑스와 테슬라가 2021년 초 이후 로비 자금으로 200만 달러 이상을 썼다고 보도했다. 머스크의 프로젝트와 사업의 본질을 고려하면 그의 목적을 실현하는 데 어느 정도 정치 자금의 지출은 필요하다. 이는 제한받지 않는 지독한 정치 로비 행위를 지지한다는 말이 아니라 머스크가 맡은 영역을 고려할 때 정부의 이해와 지원에 관여되지 않는 일이 얼마나 어려운지 이해하자는 것이다.

그러나 정치적 접근성의 수준은 매우 가변적이다. 예를 들어 머스크와 조 바이든 대통령의 관계는 완전히 실패로 돌아간 듯하다. 머스크는 테슬라가 큰 격차로 미국 최대 전기 자동차 제조업체의 자리를 차지하고 있음에도 (2020년 미국에서 제조된 전기 자동차의 약 80퍼센트가 테슬라 공장에서 생산됐다) 바이든 대통령이 전기 자동차 시장 관련 논의에서 테슬라에 대한 언급은 대부분 꺼려 왔다고 불평했다. 2021년 8월 바이든 대통령은 미국 자동차 제조업체에 전기 자동차 생산량을 늘리라고 권고하는 행정 명령의 서명 행사에 제너럴 모터스, 포드, 크라이슬러('빅 스리Big Three'라고 통칭한다)의 임원을 초대했다. 테슬라를 초대하지 않은 결정에 대해 머스크는 다음과 같이 말했다. "음, 테슬라를 초대하지 않은 게 좀 이상하네."

머스크는 이후에도 2021년 4분기에 제너럴 모터스가 전기 자동차를 26대밖에 팔지 못한 반면, 테슬라는 같은 분기에 30만 8,600대를 판매했고 그해 총 93만 6,172대를 판매했다는 점을 고려했을 때 이 상황이 특히 이상하다고 말했다.

이러한 정치적 정체 현상은 바이든 정부의 관료들이 머스크와 다른 자동차업계의 리더와 만나서 전기 자동차와 충전 기반 시설에 대해 논의하면서 해소됐다.

저는 일반적으로 정부가 경제에 최소한으로 개입해야 한다는 의견을 지지합니다. 정부는 심판과 비슷한 역할을 해야 하지만 선수가 되어서는 안 되고 심판이 너무 많아서도 안 돼요. 하지만 해양과 대기의 이산화탄소 용량처럼 가격을 정할 수 없는 외부 효과가 있을 때는 예외입니다. 가격을 매길 수 없는 외부 효과가 있다면 보통의 시장 메커니즘은 작동하지 않을 테고 그럴 때 정부가 개입해야 합니다. 개입하는 가장 좋은 방법은 소비되는 공유 재산이 무엇이건 간에 그것에 적합한 가격을 붙이는 거죠. 만약 해로운 것이 탄소라면 탄소에 대한 세금을 내게 해야 합니다.

머스크는 인류가 마주한 몇 가지 중요한 문제가 시장 원리의 영역을 벗어나 있고 이를 중앙 정부가 다루어야 할 필요가 있다는 사실을 인정하고 있다. 하지만 전반적으로 머스크는 정부가 일상적인 삶과 사업 운영에 관여하지 않고 조금만 개입하면서 국민을 통치하는 행위가 중요하다고 본다. 그는 자신의 생각을 2021년 12월 2일에 트위터에 남겼다.

'전반적으로 나는 정부가 국민에게 자신이 원하는 바를 강요하는 경우가 거의 없어야 한다고 생각한다. 그렇게 하려면 국민의 누적 행복도를 최대화하겠다는 목표를 가져야 한다. 그런 까닭에 나는 정치와 얽히고 싶지 않다.'

머스크가 정치에 얽히고 싶지 않을지 몰라도, 우리는 앞서 그렇게 하기가 얼마나 어려운지 살펴봤다. 머스크가 트위터에 올린 아주 짧은 글로도 심각한 추측과 언론의 관심이 집중되기 때문이다. 머스크는 자신의 트위터 계정이 일으킬 수 있는 파장을 확실히 이해한다.

2022년 3월 14일에 미디어 지형을 뒤흔들어 놓은 발표가 있었다. 머스크가 트위터 주식 약 30억 달러를 매수하여 9.2퍼센트 지분을 가진 최대 주주가 되었다는 내용이었다. 이 사실이 밝혀지고 하루 뒤 트위터의 CEO 파라그 아그라왈Parag Agrawal은 머스크에게 회사의 이사회에 들어오라고 제안했다는 소식을 알렸다. 머스크는 이 제안을 받아들였다. 이후 갑자기 상황이 돌변했다. 4월 11일 아그라왈은 트위터에 올린 글을 통해 '일론이 이사회에 들어오지 않겠다고 결정했다'라고 설명했다. 이 글에는 불안해하는 트위터 직원에게 보내는 편지도 실렸다. 결정에 대한 세부 설명은 없었지만 '일론은 우리 회사의 최대 주주이고 우리는 그가 제공하는 것을 계속 열린 자세로 받아들일 것이다'라는 내용이었다. 머스크는 뉴스가 방송된 뒤 다른 내용은 전혀 없이 손으로 입을 가린 이모티콘만 들어간 아리송한 글을 트위터에 올렸다.

언론은 이 사건을 지나치게 해석했다. 머스크가 트위터의 방향에 대한 불만을 공개적으로 암시했던 사건이 이 혼란의 주요 요인이자 머스크의 투자에 추진력을 제공했을 가능성이 있다. 머스크는 2022년 4월 5일에 '트위터의 의미 있는 개선을 위해 앞으로 수개월 간 파라그 및 트위터와 함께 일할 것을 기대하고 있다'라고 트위터에 글을 올렸다. 초기에 머스크가 트위터에 올린 글(일부는 이후 삭제됐다)을 긁어모은 매체 자료에 의하면 잠재적인 '개선'에는 트위터에서 광고를 없애고, 샌프란시스코 본사를 노숙자 센터로 바꾸고, 트위터 블루 프리미엄 구독 서비스의 가격을 낮추면서 암호화폐 도지코인^{Dogecoin}으로 돈을 내는 선택지를 추가하자는 내용이 포함된 듯하다. 2022년 3월 25일에 올린 게시물도 의미심장하다. 머스크는 다음과 같은 설문 조사를 올렸다.

'기능하는 민주주의에는 표현의 자유가 필수다. 여러분은 트위터가 이 원칙을 엄격하게 지키고 있다고 믿는가?'

응답한 203만 5,924표 중 70.4퍼센트가 '아니오'에 투표했다.

다음 날 한 팔로워가 새로운 소셜 미디어 플랫폼을 직접 개발할 생각이 있냐고 물었더니 머스크는 '진지하게 고민하는 중이다'라고 답했다.

머스크는 또 다른 설문조사를 올렸다. '편집 버튼이 필요한가?'라는 질문으로 이미 올린 글을 수정할 수 있는 기능에 대한 의견을 물었다. 440만이 넘는 투표자의 73.6퍼센트가 '예'라고 답했다.

머스크가 트위터의 큰 틀을 바꿀 수 있는 영향력을 원한다는 사실이 명확하게 느껴진다. 역설적이지만 언론이 재빨리 지적한 점처럼 실제로 이사회에 들어가지 않는 것이 머스크에게 이런 영향력을 휘두를 더 좋은 도구를 제공해줄 수 있었다. 이사회 자리를 거절함으로써 머스크는 최대

14.9퍼센트 지분에 대한 제한 없이 대주주가 될 수 있었다.

머스크는 "나는 표현의 자유를 위한 폭넓은 공간이 있는 게 중요하다고 생각한다"라는 말과 함께 트위터를 완전히 인수하겠다며 430억 달러를 제안했다.

트위터와 관련해서 머스크는 자신의 관점, 소식, 특출나게 효과적인 간접 마케팅 전략을 독특한 방식으로 퍼져나가게 할 플랫폼을 찾았고 정복한 것이 확실하다.

전기 자동차의 미래

모델 S가 판매되고 1년이 지난 시점에 테슬라는 분기 매출 5억 6,200만 달러를 달성하며 처음으로 수익을 냈다.[24] 하지만 이제 많은 것이 달라졌다. 2021년 테슬라의 총매출은 전년 대비 71퍼센트 증가한 538.2억 달러다. 2021년 10월에 테슬라의 시가 총액은 1조 달러라는 어마어마한 액수였다. 2022년 기준 테슬라는 전 세계에 주요 공장 6개

---

24) 애슐리 반스의 저서, 『일론 머스크(2015)』, 271쪽

를 가지고 있다(테슬라는 2020년에만 50만 대를 생산했다). 고객은 테슬라를 구경하기 위해 기존의 자동차 전시실에 가지 않고 온라인에서 간단히 구매한 뒤 문 앞으로 배송받거나 차량 인도 센터에서 받을 수 있다. 테슬라는 대략 80퍼센트의 수직적 통합vertical integration, 제품의 공급 과정에 있는 기업들의 통합_옮긴이을 이루었다. 이는 자동차 공학에서 거의 전례 없이 생산 과정을 통제한 수준이다. 대형 자동차 제조업체가 머스크를 무너뜨릴 것이라는 초기 예측은 완전히 수그러들었다.

테슬라는 '스포츠카를 능가하는 성능과 트럭보다 뛰어난 실용성'이라고 묘사한 빼어나게 각진 외관을 지닌 미래지향적인 사이버트럭Cybertruck과 독립 모터 4개로 동력을 공급하는 대형 트럭인 테슬라 세미Tesla Semi 등 새로운 차량 출시를 앞두고 있다.

테슬라가 참여한 가장 혁신적인 연구 개발 분야는 '자율 주행' 기술이다. 2014년 9월에 테슬라는 자사의 모든 자동차에 자율 주행 기술인 '오토파일럿Autopilot' 시스템을 도입했다. 이 고급 보조 주행 기능은 자동차 주변에 달린 카메라와 센서 여러 대의 도움을 받아 움직이는 탑재 소프트웨어를 통해 작동한다. 이 기능은 주차, 차선 내 방향 제어 및 주행, 자동 가속 및 정지, 최적의 경로 결정 등 인간 운전자가 해 온 특정 운전 기능을 대신할 수 있다. 회사 웹사이트에 따르면 오토파일럿 기능은 여전히 운전자의 적극적인 감독이 필요하며 자동차를 자율화하지 않는다. 하지만 테슬라는 완전 자율 주행FSD 기능을 조만간 내놓을 지도 모른다. 테슬라는 웹사이트에 이렇게 명시했다.

'새롭게 출시되는 모든 테슬라 자동차는 미래에 거의 모든 상황에서 완전 자율 주행을 하는 데 필요한 하드웨어를 가지고 있다. 이 시스템은 운전석에 앉아 있는 사람이 아무것도 하지 않아도 단거리와 장거리 운전을 해낼 수 있도록 설계됐다.'

테슬라는 자율 주행 기술을 연구하는 유일한 회사가 아니며 머스크 또한 안전하고 경쟁력 있는 완전 자율 주행에 대한 도전을 순진하게 생각하고 있지 않다. 오토파일럿 기능을 사용하는 동안 일어난 소수의 운전자 사망 사고는 운전자의 책임과 자율 주행 기술 사이의 관계에 대한 의문을 제기했다. 머스크는 렉스 프리드먼Lex Fridman과 나눈 인터뷰

Elon Musk @elon Musk

 5시간 전

일론 머스크는 로봇 공학에 낙관적이면서도 조심스럽게 접근한다. 특히 인공 지능과 관련된 분야는 더 조심스러워한다. 머스크가 2010년 캘리포니아주 프리몬트에 있는 새로운 테슬라 모터스 자동차 공장을 둘러보던 중 로봇 팔을 살펴보는 모습.

에서 자율 주행 문제와 관련된 질문을 받고 잠시 생각에 잠긴 뒤 자신의 의견을 이야기했다.

자율 주행이 지닌 문제가 어려우리라 예상은 했지만, 생각보다 많이 어렵네요. [중략] 빌어먹을 소프트웨어가 엄청 들어가죠. 영리한 코드가 많이 들어가요. 정확한 벡터 공간을 만들려면 [중략] 카메라로 광자가 흘러 들어가는 이미지 공간에서 오는 거예요. 그러니까 이미지 공간에 거대한 비트 스트림^{bit stream, 비트 단위로 전송한 데이터_옮긴이}이 있는 거죠. 그리고 카메라 센서에서 전자^{electron}를 쓰러뜨린 사진과 일치하는 거대한 비트 스트림을 효과적으로 압축해서 그 비트 스트림을 벡터 공간으로 바꾸어야 해요. 벡터 공간은 자동차, 사람, 차선, 커브 길, 신호등 같은 걸 말해요. 정확한 벡터 공간이 있으면 제어 문제는 GTA나 사이버펑크^{Cyberpunk} 같은 비디오 게임하고 비슷하죠. [중략] 정확한 벡터 공간을 만드는 일이 정말 어려워요.

우리의 생명과 안전을 디지털 손에 맡기고 스스로 주행

하는 자동차를 타고 목적지 사이를 왕래하기까지는 넘어야 할 산이 많다. 하지만 기술 혁신의 미래를 탈바꿈하는 머스크의 능력을 고려했을 때 완벽한 자율 주행은 시간문제다.

테슬라가 떠나온 여정은 순탄하지 않았다. 머스크의 모든 사업적 모험이 그래왔듯 테슬라에서도 논란이 있었다. 2021년 소수의 여성 직원이 머스크의 행동과 가치관을 문제 삼으며 테슬라를 상대로 성희롱 의혹에 대한 소송을 제기했다. 보건 및 안전 위반과 관련된 노동 분쟁과 재무 보고 및 반경쟁적 행위와 관련된 우려도 있었다. 테슬라의 공장 몇 군데에서 인종 차별 문제도 제기됐다. 코로나19 재택근무 명령에 대한 머스크의 반항적인 관점도 정부 당국 및 언론과 충돌했다. 하지만 세계가 머스크와 테슬라에 대해 어떤 말을 하든, 일부 소송이 얼마나 정당했든, 회사와 CEO는 수평선에서 눈을 떼지 않고 속도를 늦출 기미를 보이지 않는다. 미래에 관한 것이라면 머스크의 발은 (전기) 가속 페달에서 떨어지지 않을 것이다.

PART 5

눈앞의 이익보다
멀리 내다보라

지속 가능한 사회를
구축하자

ELON MUSK

모든 것은 연결되어 있다

부와 권력의 축적은 강의 흐름에 비유되곤 한다. 강은 그 자체로 바다로 흘러 나가면서 강가에 사는 공동체에 마시고 씻을 물을 제공하고, 수력 전기 시설에 동력을 공급하고, 선박 운항용 환승 노선을 제공하는 등 유용한 역할을 한다. 강에 물이 많아지고 강물이 흐르는 속도가 빨라지면 별도의 지류로 파생될 기회가 많아진다. 이렇게 파생된 개울이나 강은 이후 더 큰 영역에서 자신만의 기능을 하게 된다. 농작물 관개가 좋은 예시다. 지류는 본류에서 시작하고 어느 정도 수준까지는 본류에 의존하지만, 시간이 지날수록 독립적인 가치를 얻는다.

이 비유를 상업적 확장과 부의 증가에 적용해 보면 명료해진다. 강에 돈이 많이 흐를수록 그 부의 일부가 자체적으로 부를 생성해 내는 새 줄기로 파생될 기회가 많아진다. 이는 기본적으로 '돈이 돈을 낳는다'라는 옛말을 시각화한 것이다.

일론 머스크를 연구 사례로 활용해 보면 그의 상업적 확장이 시간이 지날수록 어떻게 깊어지고, 빨라지고, 파생되어 나갔는지 명확하게 볼 수 있다. Zip2에서 발생한 자본이 엑스닷컴을 낳았고 그다음에 페이팔을 낳았다. 페이팔의 최종 인수는 스페이스 엑스와 테슬라를 성장시킬 수단을 제공했다. 이 두 기업 모두 각자의 부수적인 갈래를 가지고 있다. 스페이스 엑스는 통신 위성에서 화성 임무로, 테슬라는 전기 자동차에서 태양 전지판과 에너지 저장으로 다각화했다.

머스크의 상업적이고 지능적인 왕국이 지닌 독특한 점은 모든 요소가 머스크에게 진정한 의미를 지닌 채 근본적인 통합을 이룬다는 사실이다. 머스크는 연관성이 없지만 수익성이 있는 사업들로 구성된 '가지각색의 포트폴리오'를 가지고 마구잡이로 도전하는 벤처 투자자가 아니다. 그의 사업은 멀리 떨어져서 봤을 때 꽤 일관된 퍼즐을 형성한다. 에너지, 우주, 수송, 컴퓨터 기반 지능은 동떨어진 도전 같아 보일 수 있지만 머스크에게 이 도전들은 같은 정신적 공간을 공유하고 있으며 상호 작용에 대한 지속적인 가능성을 열어 주기도 한다. 근본적으로 머스크가 구성한 포트폴리오는 기술을 통해 인류의 미래를 최적화하는 일과 관련된 사업이다.

솔라시티와 테슬라 에너지

일론 머스크는 청정에너지를 굳건히 믿는 사람이다. 우리는 이것을 배터리 등 에너지 저장 연구에 지속적인 투자와 최적화된 전기 자동차를 만들려는 테슬라의 모습에서 확인했다. 배터리를 충전하려면 전력 입력이 필요한데, 그 에너지는 화석 연료를 태운 발전소에서 나오는 경우가 많다. 발전소는 개별 자동차를 합한 것보다 뛰어난 효율성을 가지고 에너지를 생산할 수 있다. 하지만 청정에너지 진화의 다음 단계는 화석 연료 발전을 완전히 끊는 것이다. 머스크가 지지하는 한 가지 방안은 원자력 에너지다. 원자력 에너지는 내재한 위험보다 지속 가능한 청정에너지를 제공하는 이점이 더 크다. 머스크는 2022년 3월 6일, 같은 해 2월 러시아의 우크라이나 침공에 뒤따른 유럽 전역의 가스 부족 우려에 대해 트위터에 글을 올렸다.

'이제 유럽이 휴면 원자력 발전소를 재가동하고 기존 발전소의 전력 출력을 늘려야 한다는 사실을 당연하게 받아들이길 바란다. 이건 국가와 국제 안보에 매우 핵심적인 사안이다.'

머스크의 환경적 사고가 파생한 또 다른 주요 사업 분야는 태양열 발전이다. 머스크는 태양열 발전이 원자력이 지닌 가능성을 훨씬 뛰어넘는다고 생각한다.

결합할 배터리 용량이 충분하다면 세계는 태양열로 몇 배 더 큰 에너지를 이용할 수 있습니다. 몇 배…… 어쩌면 몇 천 배일지도 몰라요. 정말입니다. 태양에서 지구에 도달하는 에너지 양은 믿기 어려울 정도로 많아요. 엄청난 양의 에너지를 내뿜는 거대한 융합 발전기가 하늘에 떠 있는 거죠. 저는 대지 면적 사용에 관해서만 이야기하는 거예요. 이건 정말 멋진 일이죠. 자, 작은 팁을 드릴게요. 원자력 발전소가 하나 있다고 해 봅시다. 그리고 그 원자력 발전소가 사용하는 자리에 태양 전지판을 설치하고 그곳에서 출력된 에너지 양과 원자력 발전소에서 기존에 출력한 에너지 양을 비교해 보세요. 보통 원자력 발전소에는 대략 5㎞ 정도 되는 커다란 통행금지 구역이 생기는데, 대부분은 여기에 빽빽한 사무실이나 주거 공간을 만드는 일을 꺼립니다. 그러니까 통행금지 구역을 고려하면 그 영역에 설치한 태양 전지판은 일반적으로 원자력 발전소보다 많은 양의 에너지를 생산할 거예요.

태양열 에너지에 관한 머스크의 오랜 믿음은 솔라시티SolarCity

라는 기업에서 탄생한 또 하나의 주요 사업으로 변했다.

테슬라처럼 솔라시티는 처음에 다른 사람의 손으로 만들어졌지만, 머스크가 재정적 측면과 지능적 측면에서 중요한 역할을 했다. 2004년에 머스크는 태양열 에너지가 잠재적으로 수익성이 좋고 윤리적으로 가치 있는 미래 기회를 제공한다며 사촌인 린든Lyndon과 피터Peter 형제에게 사업을 제안했다. 라이브Rive 형제는 이미 에버드림Everdream이라는 성공적인 데이터 관리 기업을 경영하고 있었고 새로운 도전을 할 준비가 돼 있었다. 피터와 린든 라이브는 얼마간 연구와 고민을 한 뒤 2006년 7월 4일에 솔라시티를 창립했다. 머스크는 이 사업의 약 30퍼센트 지분을 가진 최대 개인 투자자이자 회장이었다.

솔라시티의 상업 모델은 다음과 같이 운영됐다. 형제가 태양 전지판을 사들인 뒤(따라서 제조 비용이 없었다), 그 전지판을 설치하고 (자체 개발한) 시스템 운영용 소프트웨어를 제공했다. 또한 고객은 전지판을 구매하면서 2008년 당시 평균적인 집에서 나올 수 있었던 2만 달러 정도의 비용을 선지급하지 않았다. 그 대신 몇 년간 전지판을 임대하면서 고정된 월간 비용을 지급했다. 자금은 모건 스탠리 Morgan Stanley 투자 은행이 솔라시티를 통해 제공했다.

미국 국내 태양열 발전 산업에서 태양 전지판 임대는 우세한 모델이 되었고, 솔라시티는 초기에 굉장한 성공을 거두었다. 2013년 무렵 솔라시티는 미국에서 선두를 이끄는 주택용 전지판 설치업체이자 월마트, 인텔, 미국 군대 등지에 태양 전지판 설치 서비스를 제공하는 주요 민간 공급자가 됐다. 회사는 다른 여러 대형 태양열 발전 기업을 구매할 규모를 갖추었고 2015년 무렵에는 1만 5,000명이 넘는 직원을 고용했다. 2016년이 되었을 때 솔라시티는 32만 5,000명 이상의 고객에게 태양 전지판을 설치해 줬다.

머스크는 시작부터 솔라시티와 교류해 오면서 다른 사업 부문과 솔라시티를 연결 지었다. 2006년 8월 2일 테슬라 블로그에 머스크는 '(당신과 나만의) 비밀 테슬라 모터스 종합 계획'이라는 제목의 흥미로운 문서를 게시했다. 이 글에서 머스크는 전기 자동차용 에너지와 관련된 생각을 꽤 긴 분량으로 서술했고 마무리 지을 즈음에 '에너지를 플러스로 만드는 방법'이라는 부제목이 달린 내용을 추가했다. 첫 번째 문단은 솔라시티와 관련돼 있었다.

테슬라 모터스가 자동차와 함께 다른 기업의 지속 가능한 에너지 제품을 공동 마케팅할 예정이라는 점을 언급해야겠다. 여러 선택지가 있겠지만, 가령 우리는 태양 에너지 발전 기업인 솔라시티(나는 이곳의 주요 투자자이기도 하다)에서 만든 적당한 크기와 가격의 태양 전지판을 제공할 것이다. 이 시스템은 작은 크기 덕분에 지붕 위에 눈에 뜨이지 않게 설치하거나 간이 차고처럼 세울 수 있고 매일 전기 50마일을 생산할 것이다.

태양 전지판 설치는 테슬라와 솔라시티가 일으킬 시너지의 시작이었을 뿐이다. 2011년에 솔라시티는 캘리포니아주에 테슬라 전기 자동차용 전기 충전소를 세우려 했다. 하지만 이 아이디어는 다음 해에 테슬라 자체 상표를 붙인 충전소로 대체되었다. 2014년 솔라시티는 테슬라가 제조한 강력한 배터리 충전 팩을 기업과 국내 고객을 대상으로 판매하기 시작했다. 2012년부터 테슬라는 산업용 배터리 충전 장치를 기업에 판매해 왔다. 이 성장하는 사업 영역은 2016년 네바다주에 건립한 새로운 리튬 이온 배터리 공장인 기가 네바다Giga Nevada의 도움을 받는다. 2013년 4월에 머스크는 테슬라의 새로운 계열사인 테슬라 에너지를 설립하겠다고 발표한다. 테슬라 에너지는 배터리 공급 시장에 집중하며 두 가지 주요 제품인 산업용 제품 파워팩Powerpack과 가정용 제품 파워월Powerwall을 개발한다(2019년에는 전기 3메가와트를 저장할 수 있는 테슬라 메가팩Megapack을 출시하기도 했다).

배터리가 우리 눈에는 시시해 보일지 몰라도 머스크의 환경적 사고의 핵심 줄기라는 사실은 명심해야 한다. 가전 제품에 끼워 넣는 배터리를 뛰어넘은 영역에 대해 생각해 보자. 2020년 9월 머스크는 인류가 배터리 저장 기술과 솔루션을 전례 없는 속도로 밀어붙여야 한다고 말했다. 가정과 기업에 태양력과 풍력 같은 재생 가능한 공급원으로 생산한 에너지를 저장할 수단을 제공해 주고 공급이 부족해지는 순간 전력망에 되팔도록 하자는 주장이었다.

솔라시티의 좋았던 시절은 2015년과 2016년 사이에 갑

자기 멈춰 버린다. 미국 태양광 산업에 일어난 넓은 범위의 입법 및 시장 변화가 수익에 타격을 입혔기 때문이다. 회사는 신규 고객과 수입원 감소로 고통받았고 이로 인해 2016년에 3,000명이 넘는 직원(회사의 20퍼센트)을 해고해야 했다. 하지만 2016년 8월 1일에 테슬라는 솔라시티를 26억 달러에 인수하겠다고 발표했다. 솔라시티는 테슬라 에너지에 흡수되어서 테슬라 CEO인 일론 머스크의 직접적인 통제를 받게 됐다. 린든과 피터 라이브는 2017년에 회사를 떠났다.

머스크의 솔라시티 인수는 여러 방면에서 타당했다. 머스크가 창립자 역할을 맡았던 기업이고 테슬라와 상업적으로 연결되었을 뿐 아니라 태양광을 추가하여 머스크의 청정에너지 비전을 논리적으로 확장해 주었다. 게다가 머스크와 그의 회사들은 솔라시티에 엄청난 돈을 투입했다. 2015년에 스페이스 엑스는 1억 6,500만 달러의 회사채를 샀다. 이는 그때까지 스페이스 엑스가 공개 거래 기업에 투자한 유일한 사례다.[25]

2016년 7월 20일 블로그에 올린 게시물에서 머스크는 이 합병에 대한 설명을 제공했다.

테슬라와 솔라시티가 별도의 기업이라면 우리는 이 일을 제대로 해낼 수 없다. 그러므로 우리는 합병되어 분리된 회사일 경우에 내재한 장벽을 무너뜨려야 한다. 지속 가능한 에너지라는 중대한 목표를 함께 추구하고 비슷한 기원을 지녔음에도 이 두 기업이 조금이라도 떨어져 있는 것은 대체로 역사의 우연이다. 이제 테슬라는 파워월의 규모를 키울 준비가 됐고 솔라시티는 매우 차별화된 태양열 에너지를 제공할 준비가 됐으므로 모두를 한데 모이게 할 시간이 왔다.

솔라시티 인수는 머스크의 경력에서 논란의 여지가 많은 쪽에 속하는 사업적 결정이 됐다. 투자자들이 재정적으로 궁지에 몰려 있는 산업과 기업의 인수에 대해 겁을 먹으면서 테슬라의 주식 평가는 즉시 33억 8000만 달러로

---

25) 히긴스의 저서, 『파워 플레이(2021)』, 215쪽

떨어졌다. 테슬라의 대주주들은 파산 중이던 솔라시티가 심각한 유동성 위기에 처해 있고 머스크가 인수 승인 과정에서 이 정보를 알고도 공유하지 않았다고 주장하며 머스크와 테슬라를 상대로 법적 절차를 시작했다. 머스크는 주주들과 테슬라의 이익보다 자신의 이익을 앞세워 이 거래를 성사시켰다는 의혹으로 소송을 당했다. 2022년 1월 18일 로이터Reuters의 보도에 따르면 최종 변론을 하는 동안 분개한 주주들은 '화요일에 2016년 솔라시티 인수를 승인하도록 이사회를 압박한 것에 대해 머스크가 130억 달러를 배상하도록 판사에게 청구했다.'

　일론 머스크는 태양 에너지 사업에 뛰어들면서 다양한 문제를 겪었다. 2019년 월마트는 지점 7개의 지붕에 부착한 태양 전지판 고장 때문에 생긴 화재에 대해 테슬라에 법적 책임을 물었다(월마트는 2019년 말 합의를 이루어 소송을 취하했다). 에너지 사업도 험난한 과정을 거쳤다. 로이터는 2019년 11월에 '태양 전지판 시장 점유율이 떨어지면서 테슬라는 판매 인력을 해고하게 됐다. 1월부터 9월까지 테슬라의 에너지 발전 및 저장 운영 부문에서 나온 매출은

Elon Musk @elon Musk

9시간 전

2021년 7월 12일 일론 머스크가 델라웨어 윌밍턴에서 진행된 솔라시티 재판을 마치고 법정에서 나오는 모습이다. 이 재판에서 머스크는 2016년에 테슬라가 20억 달러가 넘는 돈을 내고 솔라시티를 인수했던 거래에 대한 질문을 받았다. 머스크는 성공 과정에서 법의 도전을 주기적으로 받아 왔다.

전년도 대비 7퍼센트 하락한 11억 달러였다'라고 전했다.

　테슬라 에너지가 내놓은 태양 지붕판(기존 지붕의 재질과 비슷한 외관과 기능을 갖추도록 설계한 광전지판)의 개발과 관련된 중요한 문제도 있었다. '태양 지붕Solar Roof'이 (마침 〈위기의 주부들〉 세트장에서) 공개된 뒤 제품이 제대로 작동하지 않는다는 사실이 밝혀졌다. 2020년까지도 이 제품은 제조량을 달성하기 위해 분투했다. 2021년 6월 23일 블룸버그 기사에는 다음과 같은 헤드라인이 실렸다.

　'테슬라의 태양열 제품 출시는 실패작이자 일론의 집착이다.'

　테슬라 에너지는 머스크가 특히 큰 어려움을 겪은 사업체다. 하지만 시간은 머스크가 가혹한 비판을 견뎌 낼 끈기를 가지고 있고 최종적으로 거의 모든 사람이 틀렸다는 점을 입증해 낼 돌파구 같은 결과물을 생산해 낸다는 사실을 증명했다. 다시 한번 성장이 이루어지고 있다. 2020년에 회사는 태양 에너지 시스템 205메가와트와 전기 저장 장치 3,022메가와트를 설치했지만, 2021년에 이 수치들은 각각 345메가와트, 3,992메가와트로 크게 뛰어올랐다. 테슬라

에너지가 영향력을 최대로 발휘할 날이 남아 있는지는 시간이 지나면 알게 될 것이다.

지하로 들어가다

2016년 12월 17일 일론 머스크가 다음 내용을 트위터에 올렸다.

'교통 때문에 미쳐 버릴 것 같다. 터널 굴착기를 만들어서 땅을 파야겠다…….'

다른 사람이 쓴 글이었다면 그냥 지쳐서 던진 유머일 뿐이라고 생각할 것이다. 하지만 머스크 같은 비전과 수단을 지닌 남자에게 이는 새로운 대담한 사업적 모험의 시작을 알리는 신호였다. 이번에는 먼 우주를 바라보거나 도로 위를 달리는 대신 지하로 내려가려고 했다. 지구 표면 아래에서 교통의 또 다른 미래를 본 것이다.

2017년 12월 17일에 그는 보링 컴퍼니TBC를 만들고 있다고 발표했다. 사실 보링 컴퍼니를 설립하기 전에도 머스크는 지하 터널 뚫기에 도전했었다. 〈롤링 스톤〉 잡지에 기고하는 저널리스트 닐 스트라우스는 머스크와 인터뷰하기 위해 캘리포니아주 호손에 있는 스페이스 엑스를 방문했던 어느 날 임직원 주차장에서 자동차를 옮기려고 분주하게 움직이는 직원들을 보았다고 말했다. 직원들이 차를 옮긴 이유는 머스크가 지금 그들의 자동차를 다른 주차장으로 이동시키는 데 시간이 얼마나 걸리는지 물었기 때문이었다. 직원들이 내놓은 답변은 2주였다. 이에 대해 머스크는 "오늘 시작해서 우리가 지금부터 일요일 오후까지 24시간 일해서 뚫을 수 있는 가장 큰 구멍이 어떤 건지 봅시다"라고 대답했다. 3시간 뒤에 자동차는 사라졌고 머스크의 공학 기술 팀은 지면을 부수기 시작했다.

보링 컴퍼니는 금세 스스로의 힘으로 주요 벤처 기업이 되었다. 이 기업은 초기에 스페이스 엑스의 자회사로 설립되었지만, 2018년에 별도의 사업으로 분리됐다. 회사 지분의 90퍼센트는 머스크가 가지고 나머지는 중요한 역할을 하는 임직원에게 나눠 줬다(나중에 6퍼센트의 지분도 스페이스 엑스로 갔다).

보링 컴퍼니의 목적은 무엇일까? 회사의 중대한 목표는

Elon Musk @elon Musk

 14시간 전

2018년 12월 18일 일론 머스크가 캘리포니아주 호손에서 진행된 보링 컴퍼니 호손 시험 터널 제막식 행사에서 기자들에게 발표하고 있다. 머스크는 터널 뚫기와 도시 교통을 모두 이전하는 것이 목표라고 설명했다.

회사 웹사이트에 적혀 있다.

'보링 컴퍼니는 안전하고 빠르게 팔 수 있으며 저렴한 교통 터널, 공통구^{utility tunnel, 수도, 전기, 가스 등 다양한 기반 시설을 종합 배치한 터널_옮긴이}, 화물 터널을 만든다. 회사의 임무는 교통 체증을 해결하고, 목적지로 경유지 없이 고속 이동을 가능하게 만들고, 도시를 탈바꿈시키는 것이다(2022년 4월 19일 기준).'

이번에도 머스크가 엄청난 상상을 하고 있다는 점이 명백했지만, 언제나 그랬듯이 논리가 영향을 미치고 있었다.

머스크는 전기 자동차 개발이 전 세계의 도시 교통 체증 문제를 전혀 완화하지 못한다는 사실을 인정했다. 오히려 전기 자동차는 최종적으로 대중교통보다 저렴한 이동 선택지를 만들어서 체증을 악화시킬 수 있었다. 고가 고속도로를 지을 수 있는 높이에는 한계가 있고 항공 이동 수단은 대중교통으로 활용하기에 현실성이 없다. 그러나 터널은 깊은 땅속에 여러 층으로 파낼 수 있다. 머스크는 가장 깊은 탄광의 깊이가 1마일^{약 1.6㎞} 이상이므로 터널 굴착 분야에는 탐험할 거대한 3차원의 공간이 있다고 언급했다. 교통 체계가 터널로 바뀐다면 도시는 더 아름답고 평화로운 장소가 될 수 있다. 더 나아가 터널을 활용한 교통은 질서 있으면서도 **빠른** (머스크가 생각한 최고 속력은 시속 241㎞다) 자율 주행 운전 기술을 통해 가다 서기를 반복하는 차량 대기 줄을 질서정연하고 원활하게 움직이는, 체증 없는 상태로 바꿀 수 있다. 또한, 외부 날씨의 영향을 받지 않고 소음 공해가 표면 위로 나오지 않으며 여러 층의 도로가 주거 지역과 녹지 공간을 지나가지도 않을 것이다. 보링 컴퍼니에 따르면 '신호등과 교통 체증은 과거의 유물이 될 것'이었다.

농담이 현실로 이루어지다

머스크는 다른 회사와 다를 바 없는 터널 굴착 기업을 만들겠다는 생각이 아니었다. 그는 다른 벤처에 적용했던 혁신 정신을 전부 동원하여 터널 굴착 산업과 관련된 공학 기술을 변화시키겠다는 목표를 지니고 있었다. 보링 컴퍼니가 지은 첫 번째 터널은 스페이스 엑스 사유지에서 시작된 1.8㎞ 길이의 연구 개발 호손 시험 터널이었다. 폭이 좁고, 깨끗하고, 빛이 났던 이 터널 공간은 2018년 언론에 공개됐다. 출시 행사에서 머스크는 터널 공사를 훨씬 저렴한 비용을 들여 빠르게 해낼 방안 등 터널에 대한 그의 생각을 구체적으로 설명했다. 머스크는 슬라이드 프레젠테이션을 참고 자료로 제시하면서 1마일 당 약 3달에서 6달까지 걸리는 현재 속도는 달팽이의 움직임보다 14배 느리다고 지적했다. 또한, 1마일 당 10억 달러까지 투입되는 지금의 비용은 매우 비싸다고 말했다. 보링 컴퍼니는 일을 다르게 처리할 예정이었다. 주요 혁신에는 다음이 포함됐다.

- 지름이 작은 터널. 터널은 전기 자동차용으로 맞춤 제작한다. 배기가스와 매연 배출 시스템이 없으므로 지름이 더 작아지고, 폐기물이 덜 배출되고, 굴착 속도가 더 빨라질 수 있다.
- 물류 과정의 효율성 증진을 위한 터널 굴착기^{TBM} 지름 표준화.
- 터널 굴착과 보강 과정을 하나의 프로세스로 통합하는 터널 굴착기(대부분의 터널 굴착기는 보강물을 설치할 다른 팀이 들어올 수 있게 자주 멈춰야 한다).
- 일반 산업 기계보다 3배의 절삭 동력을 지닌 터널 굴착기.

- 추출한 흙의 재사용. 흙을 벽돌로 만들어서 판매할 수 있다. 이 판매로 얻은 이익을 터널 굴착 비용으로 사용한다.
- 효율성과 물류 과정을 개선하기 위한 터널 굴착 프로세스의 강력한 자동화.

혁신은 결실을 이루었다. 호손 터널은 1,000만 달러가 채 되지 않는 비용으로 완성됐다. 그 뒤 2019년 5월에 보링 컴퍼니는 4,870만 달러짜리 계약을 수주했다. 확장된 200에이커^{약 0.81㎢} 규모의 라스베이거스 컨벤션 센터^{LVCC}에서 사람들을 태우고 다닐 지하 루프 시스템을 짓는 계약이었다. LVCC 루프는 LVCC 서쪽 홀과 기존 캠퍼스를 연결하는 역이 3개 있는 2.7㎞ 길이의 쌍둥이 터널이다. 보링 컴퍼니 홍보 팀은 이렇게 설명했다.

"LVCC 루프는 2021년 4월에 메컴 모터사이클 경매^{Mecum Motorcycle Auction} 행사를 위해 개통됐고 이후 모든 전시에서 운영됐다. LVCC 루프는 2021년 세마 국제 모터쇼^{SEMA}에서 매일 2만 4,000명에서 2만 6,000명의 승객을, 2022년 국제 전자 제품 박람회^{CES}에서 매일 1만 4,000명에서 1만 7,000명

Elon Musk @elon Musk
20시간 전

일론 머스크가 스페이스 엑스 호손 시설에서 열차폐heat shield의 조립 과정을 점검하고 있다. 스페이스 엑스에서 머스크가 지니고 있는 '최고 엔지니어'라는 직함은 무의미한 직함이 아니다. 머스크는 진지한 과학자이자 엔지니어이며 우주 프로그램 개발의 다양한 측면에 직접 관여했다.

의 승객을 실어 날랐다. 탑승 시간은 평균 2분 미만이었고 대기 시간은 15초 미만이었다."

승객들은 테슬라 모델 Y와 모델 3 자동차를 타고 통로를 지나갔다.

보링 컴퍼니는 라스베이거스를 위한 원대한 계획을 세웠다. 리조트 월드-LVCC 커넥터는 라스베이거스 스트립 Las Vegas Strip에 있는 리조트 월드Resort World와 LVCC를 직통으로 연결할 것이다. 또한, 이보다 더 야심 찬 터널 네트워크인 '베이거스 루프Vegas Loop'도 현재 공사 중이다. 이 47㎞ 길이의 루프는 LVCC 루프와 스트립을 따라서 있는 카지노, 해리 리드 국제공항Harry Reid International Airport, 앨리지언트 경기장 Allegiant Stadium, 라스베이거스 시내, 최종적으로 로스앤젤레스까지 확장되는 미래의 서비스를 전부 포괄할 것이다. 베이거스 루프는 라스베이거스의 커뮤니티, 방문객, 그 이상에게 빠르고 편리한 운송 수단을 제공할 것이다.

보링 컴퍼니가 어디로 나아갈 것인지는 두고 볼 일이다. 머스크의 회사는 터널 굴착 부문의 기술 한계를 시험하고 있다. 계속 땅을 파는 거대한 '프루프록Prufrock' 터널 굴착기

(모든 터널 굴착기 이름은 시나 연극의 제목을 따서 지었다)는 보링 컴퍼니가 개발한 최고 작품이다. 이 굴착기는 공사장에 도착하고 48시간 이내에 3.6m 터널의 굴착을 시작할 수 있다. 값비싼 발사 구덩이를 미리 파낼 필요를 없애기 위해 지면에서 바로 밑으로 내려간다. 보링 컴퍼니는 프루프록의 '중기 목표'가 '인간 보행 속도의 10분의 1인 하루 7마일(약 11km)을 넘어서는 것'이라고 말한다.

보링 컴퍼니의 가장 야심 찬 비전은 국지적이고 오랜 시간과 노력이 필요한 수송 시스템인 하이퍼루프Hyperloop다. 이 시스템의 승객은 바람의 저항을 줄이기 위해 특별히 밀폐된 저압 터널 안에서 자기 추진 방식을 통해 시속 966km가 넘는 속도로 자율 주행하는 전기 포드pod. 승객이 탑승하는 유선형 공간_옮긴이에 탑승하여 이동한다.

스페이스 엑스 하이퍼루프 시험 트랙은 2015년 개발을 시작했고 2016년에 완성했다. 공학 기술 업계의 비평가 여럿을 포함하여 보링 컴퍼니의 주장과 야망에 설득되지 않은 사람도 있었다. 하지만 머스크는 전문적인 회의론에 겁먹는 사람이 아니었다.

Elon Musk @elon Musk
2시간 전

머스크는 혁신, 그중에서도 역동적인 재능을 지닌 청년이 일구어 내는 혁신에 큰 관심을 보인다. 위 사진에서 머스크는 2017년 1월 캘리포니아주 호손에서 열린 스페이스 엑스 하이퍼루프 대회 중 캘리포니아 어바인 대학교의 하이퍼사이트 HyperXite 팀이 만든 포드를 살펴보고 있다. 전 세계와 미국 전역의 30개 대학에서 온 학생들이 스페이스 엑스 본사에 있는 1.25㎞ 길이의 하이퍼루프 트랙에서 자신이 만든 포드를 시험해 보았다.

가능성은
만들어 가는 것이다

ELON MUSK

인류를 생존의 위협에서 구하라

머스크는 인공 지능이 지닌 이점 및 힘에 대한 믿음과
인공 지능의 개발에 대한 열정을 공개적으로 표현했다. 하
지만 그는 인공 지능을 로봇 공학과 결합하는 행위는 조심
스러워한다. 머스크는 터미네이터 스타일의 로봇 반란을
암시하며 인공 지능으로 작동하는 로봇 공학을 맹목적으
로 발전시키는 일이 우리보다 훨씬 뛰어난 능력을 지닌 기

계를 탄생시킨다고 생각했다. 또한 궁극적으로 우리를 완전히 지배하거나 아래와 같은 심각한 일이 벌어지는 경우를 두려워했다.

만약 인공 지능에 목적이 있는데, 어쩌다 보니 그 목적을 달성하는 데 인류가 방해물이 된다면 인공 지능은 악감정이 전혀 없는 상태로 아무 생각 없이 인류를 마땅히 파괴할 겁니다. 마치 우리가 도로를 만드는데 어쩌다가 개미가 있을 때와 똑같은 경우예요. 우리는 개미를 싫어하지 않고 그저 길을 만들고 있을 뿐인데 말이죠. 그러니까, 잘 가라 개미집아!

2017년 워싱턴 DC를 기반으로 한 초당파 정치 조직인 전미 주지사 협회의 회의 중 머스크는 비슷한 감정을 조금 더 순화된 언어를 사용하여 말했다.

"로봇은 모든 일을 우리보다 잘할 겁니다. 제가 최첨단 인공 지능을 직접 경험해 봤는데, 사람들이 정말 걱정해야 한다고 생각해요."

인공 지능에 대한 우려는 실질적으로 머스크를 2가지 주요 방향으로 움직이게 했다. 우선 2015년 12월에 머스크와 다른 투자자 몇 명이 '오픈에이아이'라는 조직을 세웠다. 회사 강령에 따르면 오픈에이아이는 '안전한 인공 일반 지능AGI을 만들기 위한 근본적이고 장기적인 연구'를 하는 연구 기관이다. 투자자들은 프로그램에 총 10억 달러를 지원하겠다고 약속했다. 머스크는 비록 2018년에 이사회에서 물러났지만 계속해서 재정 지원을 했다.

오픈에이아이의 장부에는 (완전히 문자로만 서술한 내용을 이미지로 만들어 내는 컴퓨터 등) 자연 언어 인공 지능의 발전부터 로봇 손으로 루빅큐브를 풀 수 있을 만큼 충분히 능숙한 신경망의 개발까지 흥미로운 범위를 포괄하는 프로젝트가 적혀 있다.

머스크는 인공 지능으로부터 하는 후퇴가 아니라 오히려 더 공생적으로 기술과 함께 통제하는 위치로 인간을 인공 지능에 가깝게 데려가고자 한다. 2015년 12월에 머스크는 〈시애틀 타임〉에 이렇게 말했다.

"좋은 미래가 반드시 오도록 우리가 할 수 있는 최선은 무엇일까요? 그냥 구경만 할 수도 있고 규제 감독을 강화할 수도 있겠죠. 아니면 인류에 도움이 되고 안전한 방식으로 인공 지능을 개발하는 것에 대해 진심으로 걱정하는 사람들과 올바른 방향으로 일을 진행해야만 최상의 결과를 가져올 것입니다."

'뉴럴링크Neuralink'는 미래의 인공 지능과 머스크가 맺은 관계의 중요한 표현 중 하나다. 2016년에 머스크는 이 신경 기술 회사를 신경 과학, 생물학, 로봇 공학 학계의 전문가들과 공동 창립했다. 이 사실은 다음 해 3월에 언론에 발표되었다. 머스크는 2019년 7월까지 회사에 1억 달러를 투자했다고 알려져 있다.

공식 발표된 뉴럴링크의 목표는 다음과 같다.

"뉴럴링크는 특출나게 뛰어난 재능을 지닌 사람들이 모인 팀입니다. 저희는 마비가 있는 사람들을 돕고 우리의 능력, 우리의 커뮤니티, 우리의 세상을 확장할 신기술을 발명하며 뇌 인터페이스의 미래를 만들고 있습니다."

회사가 하는 일의 세부 내용은 대체로 공개되지 않았지만, 뉴럴링크는 공상 과학 소설의 페이지를 샅샅이 뒤지고 있는 듯한 느낌이 든다. 사실 '뉴럴 레이스'neural lace, 뇌 신호를 읽고 이해한 뒤 행동하는 미세한 크기의 기구를 뇌 안에 집어넣는 것에 관한 뉴럴링크의 비전은 이언 뱅크스의 공상 과학 소설 시리즈 『더 컬처』속 허구의 세상에서 묘사된 '뉴럴 레이스'와 개념적으로 연결돼 있다.

뉴럴링크의 즉각적인 목표는 마비가 있는 사람들이 뇌의 힘만으로 컴퓨터와 전자 기기를 통제할 수 있도록 도움을 주는 것이다(뉴럴링크는 이미 원숭이가 생각만으로 비디오 게임을 하게 하는 데 성공했다).

뉴럴링크는 '기술이 넓은 범위의 신경학적 장애를 치료하고, 감각과 운동 기능을 재생시키고, 궁극적으로 우리가 서로와 교류하는 방식, 세계와 교류하는 방식, 우리 자신과 교류하는 방식을 확장할 가능성을 지니고 있다'라는 사실을 인정한다. 이 일의 종착점은 여러분이 어떤 위치에 있는지에 따라 엄청난 곳이 되거나 끔찍한 곳이 될 수 있다(뉴럴링크가 하는 일을 과학적으로 비판하는 사람이 많았다). 2021년 2월 클럽하우스Clubhouse, 오디오 기반 팟캐스트 앱_옮긴이에서 진행한 인터뷰에서 머스크는 가능성의 영역으로 들어갔다.

한 달 전의 '여러분'은 오늘의 '여러분'과 똑같지 않아요. 제 말은 그러니까 뇌세포가 어떤 기억은 없애고, 어떤 기억은 흐릿하게 하고, 어떤 기억은 강화한다는 거예요. 새로 생긴 기억도 있고요. 아무튼, 요점은 여러분이 똑같지 않다는 겁니다. 비디오 게임처럼 여러분의 마지막 상태를 업로드하고 재개할 수 있는, 저장된 게임 상황과 비슷한 게 있을 수 있다는 이야기죠. 네 맞아요. 〈얼터드 카본Altered Carbon, 의식을 옮기는 일이 가능한 세상이 배경인 공상 과학 텔레비전 시리즈〉에서 일어나는 일 같은 거죠. 몇 가지 기억은 잃어버릴 수 있겠지만 대부분 여러분이 맞을 거예요. 자 이제 이런 건 장기적인 거죠. 뉴럴링크가 단기적으로 하는 일은 뇌나 척추의 손상을 다루고 잃어버린 능력을 칩으로 보전해 주는 거예요…… 칩을 이식해서요.

기억과 기술을 근본적으로 결합한다는 아이디어는 눈을 번쩍 뜨이게 하고 가장 큰 윤리적이고 존재론적인 질문을 떠오르게 한다. 뉴럴링크 같은 회사는 햇빛이 빛나는 풍경이나 어두운 골목 중 어느 곳으로 이어질지 모르는 문을 여는 것처럼 느껴진다. 머스크는 이 문을 열었을 때 햇살이 비치는 경치가 나오게 하려고 노력하고 있다. 어떤 면에서 뉴럴링크는 인간의 지능, 능률, 의식에 들어 있는 공백을 채울 잠재력을 제공해서 언젠가 우리 모두를 머스크 같은 정신을 지닌 사람으로 만들 수 있을지도 모른다.

남들과
다르게 생각하라

ELON MUSK

사람은 생산 라인에 올라가 있는
물건이 아니다

　지금까지 머스크가 해 온 일들을 보면 그가 무엇보다 지
능, 지능의 형성, 표현과 실질적인 결과에 깊은 관심을 가
졌다는 사실을 알 수 있다. 이러한 관심사는 그를 디지털
지능과 인공 지능의 중요한 영역으로 데려갔을 뿐 아니라
지능이 사회적으로 어떻게 발달하는지에 대한 탐구로도

이어졌다. 그리고 이는 곧 교육을 의미했다.

　머스크는 대체로 정규 교육, 특히 미국 정규 교육의 구조와 실행 방식에 대해 비판적이었다. 교육은 청년들에게 배움에 대한 열정과 그들의 미래에 도움을 줄 지적 도구와 지식 세트를 균등하게 제공해야 한다. 머스크가 봤을 때 대부분의 공교육과 사교육 시스템은 이런 목표 중 그 어느 것도 달성하지 못했다. 이러한 실패는 대학 교육까지 이어진다. 대학은 학생에게 미래의 취업 시장에서 유리한 위치를 선점하거나 인지되는 이점을 마련해 주지 못하는 경우가 많은 교육을 제공하면서 매년 수만 달러의 학비를 청구한다. 머스크는 특유의 직설적인 방식으로 접근하며 자신만의 교육 시스템을 설립해서 이 문제에 덤벼들려고 했다.

　이 학교 실험을 파헤쳐 보기에 앞서 교육에 대한 머스크의 관점을 신중하게 살펴보자. 2014년 SXSW/South by Southwest, 미국 텍사스주 오스틴에서 매년 봄 열리는 정보 기술, 영화, 음악을 아우르는 세계 최대 산업 축제_옮긴이에서 머스크는 교육 시스템을 바꾸기 위해 어떤 일을 할 거냐는 질문을 받았다. 이에 대한 답에는 문제를 고민하는 그의 '제1 원칙' 전략이 확실히 반영됐다.

교육은 보통 비디오 게임, 그러니까 재미있는 비디오 게임과 최대한 비슷한 게 좋아요. 아이들에게 비디오 게임을 하라고 말할 필요가 없죠. 그렇게 하지 않아도 온종일 알아서 할 테니까요. 교육을 상호적이고 매력적인 것으로 만들면 쉽고 흥미롭게 공부할 수 있어요. 그러니까 과목에서 학년별 단계 같은 걸 전부 없애버리고 아이들이 가능한 가장 빠른 속도로 나아갈 수 있게 해 줘야 해요. [중략] 각각의 과목에 대해서 말이죠. 정말 당연한 것 같아요.

머스크는 계속해서 오늘날 학교 교육의 많은 부분이 발표에 불과한 것이 되었다고 말했다. 교사들이 교실 앞에 서서 수년간 가르쳐 온 똑같은 내용을 계속 가르친다는 것이다. 학교에서 가르치는 내용이 현실 세계의 실질적인 문제를 해결하는 과정과 너무 동떨어져 있으며, 이런 경향이 학생을 공부에 몰입하지 못하게 하고 영향력을 만들어 낼 준비가 안 된 젊은이를 세상에 내보낸다고 하소연한다.

SXSW 행사로 돌아가자. 머스크가 받은 다음 질문은 대학 교육이 '불필요한가'였다. 그 자리에 있었던 많은 청중이 대학 교육에 수만 달러를 지출했거나 지출하고 있는 사람이었다는 점을 고려했을 때 그의 답은 잔인했다.

대학 교육은 대부분 쓸모 없어요. 모든 사람에게 필요하지 않다는 건 아니지만, 그곳에서 배울 수 있는 거의 모든 걸 첫 두 해 동안 배우게 된다고 생각해요. 그리고 대부분은 여러분과 수업을 같이 듣는 학생들로부터 배우게 될 거고요. 많은 기업이 학위를 마친 걸 확인하고 싶어 하죠. 그 사람들은 끝까지 버텨 낸 사람을 찾는데, 그게 그 사람들한테는 정말로 중요하기 때문이에요. 하지만 이건 목표가 무엇이냐에 달려 있어요. 사업을 시작하고 싶어 하는 사람이라면 저는 대학을 마치는 게 아무런 의미가 없다고 말할 거예요. 학년이 나뉘어 있고 사람들이 그걸 따라서 차례차례 움직이는 방식은 잘못됐어요. 사람들은 보통 5학년, 6학년, 7학년 과정을 거쳐 영어, 수학, 과학 등의 과목을 배우죠. 마치 생산 라인처럼요. 하지만 사람은 생산 라인에 올라가 있는 물건이 아니에요.

배움을 통해
문제 해결 능력을 키워라

　머스크는 직원을 고용할 때 충실하게 교육 프로그램을
마친 사람보다 혁신적이고 재미있는 일을 하기 위해 대학
을 중퇴한 사람에게 더 끌린다고 말했다. 또한, 뛰어난 학
문 성취가 직장에서의 능률이나 성과로 바뀐다는 보장이
없다는 의견을 밝혔다. 머스크는 이렇게 말한다.
　"우리는 꼭 붙들고 있을 새롭고 흥미로운 무엇인가가 필
요합니다. 심각하게 구식인 현재의 교육 시스템을 대체할
무엇인가 말이죠."
　교육에 관한 머스크의 관점은 2014년 자녀 5명을 사교
육에서 데리고 나와 자신이 만든 학교에 다니게 했다는 사
실이 전해지면서 조심스럽게 세상에 드러나기 시작했다.
이 학교의 이름은 '별을 향해서'라는 뜻을 지닌 라틴어인
애드 아스트라Ad Astra라고 알려졌다. 이 학교는 이름에 걸맞
게 캘리포니아주 호손에 있는 스페이스 엑스 건물에서 개
교했다. 엄선된 스페이스 엑스 임직원과 머스크의 자녀를

위한 일종의 홈스쿨링 프로젝트였다. 처음에는 학생 9명으로 구성된 아주 작은 그룹이었다. 학생들은 머스크의 자녀가 이전에 다녔던 학교에서 근무한 영감을 주는 교사인 조수아 단Joshua Dahn과 또 다른 교사 한 명에게 수업을 받았다.

수업은 무료로 제공됐고 학교는 비영리 기관으로 운영됐지만 2018년에 발간된 〈워싱턴 포스트〉의 기사는 애드 아스트라를 '최고급 학교'라고 불렀다. 이 기사와 〈아르스 테크니카Ars Technica〉에서 같은 시기에 발행된 다른 기사는 이 학교에 관해 공개된 세부 내용을 거의 다 밝혀냈다. 당시에 학교에 대해 알려진 유일한 공식 정보는 링크드인 페이지뿐이었다. 2018년 무렵에 학교에는 7살부터 14살 사이 학생이 50명 미만 다니고 있었다. 미국 국세청에 따르면 머스크가 직접 학교에 상당히 큰 자금을 지원했다. 그는 2014년과 2015년에 각각 47만 5,000달러를 학교에 제공했다.

애드 아스트라가 추구한 교육의 주요 차이점은 현실 세계의 문제 해결을 지향한 방식에 있다. 교육 프로그램을 영어, 역사, 수학 같은 과목으로 엄격하게 나누기보다 학생에게 해결할 복합적인 다층 구조의 문제를 주었고, 학생들은 이를 해결하는 데 필요한 기술과 지식을 습득해야 했다. 이러한 문제들은 대체로 머스크가 중요하게 여기는 주제, 현대 사회와 적절하게 관련되어 있다고 보는 기술과 연관되어 있었다. 외부인이 보기에 논란이 많다고 생각할 만한 커리큘럼 설계 결정이 몇 가지 있었다. 애드 아스트라에서는 최우선으로 과학, 수학, 공학, 윤리학에 집중했다. 체육, 음악, 언어는 포함되지 않았다. 언어의 경우 컴퓨터의 도움을 받은 번역이 궁극적으로 언어 습득을 필요 없게 만들 거라고 믿었기 때문이다. 또 다른 커리큘럼 교과목 단위는 인공 지능에 초점을 맞췄다. 기술의 위험에 대한 머스크의 관점을 고려하면 분명히 여기에 윤리학이 개입되었을 것이다. 커리큘럼은 학생들이 절반가량을 자기 주도로 결정하며 전년도 교과 영역에서의 발달과 경험을 반영하여 매년 수정되었다(지금도 계속 수정되고 있다).

혁신은 커리큘럼을 넘어 교실에서 학생을 가르치는 방식에도 깊숙이 침투했다. 학교 초창기 링크드인 페이지에는 다음과 같은 문구가 적혀 있었다.

'애드 아스트라의 목표는 배움에 대한 열정을 촉진하고 호기심을 지속시키며 한계 없는 상상력을 자극하는 것이다. 애드 아스트라는 과학, 기술, 교육 분야의 발전을 수용하는 실험적 학교다. [중략] 애드 아스트라는 각 학생을 그들이 지닌 인간적 잠재력의 한계까지 밀어주기 위해 전력을 다한다.'

여기에서 '실험적 학교'라는 문구가 중요하다. 애드 아스트라에서는 압도적인 수준으로 프로젝트를 기반으로 한 교육을 한다. 특히 학생들은 기상 관측 기구와 싸움 로봇 제작 같은 '에이 프레임A-frame' 교과목 단위 안에서 높은 수준의 기술적 문제에 도전한다. 학생들은 스킴Scheme, 스크래치Scratch, 스위프트Swift 컴퓨터 언어로 코딩하는 방법을 배우고 많은 학생이 온라인 자율 학습 코스를 수강한다. 학생들이 제작한 웹사이트가 급증했다. 특히, 학교는 내부 거래 프로젝트의 현실성을 증가시키기 위해 자체적인 디지털 화폐를 만들기도 했다. 학생들은 매주 집중 과목을 깊숙이 파고들며 폴리오Folio라는 과제를 끝내야 한다.

어떤 수업에서는 학생들을 미국, 중국, 북한을 대표하는 세 그룹으로 나눈 뒤 핵무기 협상에 참여하게 했다.

"북한 팀에 속한 한 학생이 세계를 거의 핵 홀로코스트 상태로 몰아넣었어요. 그 아이에게 정말 큰 충격을 안겨 준 순간이었죠."

모든 것은 아이들이 직접 해 보거나 완전한 상호 작용이 필요한 활동이다. 이 학교가 진짜 로켓 공장 안에 있는 이유는 이곳이 이 목표를 추구하기에 완벽한 환경을 제공해 주기 때문이다.

〈아르스 테크니카〉는 애드 아스트라가 '전통적인 학교라기보다는 벤처 캐피털 인큐베이터에 가까운 분위기'가 조성된 곳이라고 묘사했다. 하지만 이 학교가 실리콘 밸리에 사는 많은 부모가 자녀에게 마련해 주고 싶어 하는 환경인 것은 확실하다. (이번에도 〈아르스 테크니카〉에 의하면) 2017년에 이 학교의 12개밖에 없는 자리에 들어가기 위해 400가구가 경쟁했는데, 아동 심리학자가 개발한 논리 테스트를 기반으로 선별됐다. 애드 아스트라에 대한 수요는 머스크와 단에게 더 발전된 생각을 위한 양분을 제공해 주었다. 특히 이 학교의 원칙을 어떻게 공공 영역으로 더 넓게 확장해서 스페이스 엑스 커뮤니티 너머의 다른 사람도 현실 세계를 중심으로 하는 교육 원칙에 접근할 수 있게 할지 고민하게 됐다.

이러한 수요를 인지하면서 2016년에 아스트라 노바Astra Nova라는 새로운 온라인 학교가 설립됐다. 이번에도 단이 아스트라 노바를 이끌었다. 이 학교가 집중한 연령층은 발달 과정에서 특히 중요한 14살부터 16살 사이다. 단의 말에 따르면 애드 아스트라와 아스트라 노바의 주요한 차이는 다음과 같다.

"애드 아스트라는 스페이스 엑스에서 학생 50명을 가르치는 학교고, 아스트라 노바는 우리의 노력으로부터 얻은 통찰을 공유해서 수백 만의 인구에 도달하려고 하는 온라인 학교입니다."

깔끔하고 세련된 아스트라 노바 웹사이트는 응용 비판적 사고에 대한 학교의 비전이 반영된 교육 콘텐츠를 제공한다. '수수께끼' 구역에서는 여러 가지 윤리적 딜레마와 지능적 딜레마를 비디오 애니메이션 형태로 보여 준다. 예를 들어, 첫 번째 수수께끼는 '파랑 혜성 수수께끼'다.

학생은 하늘에서 발견한 새로운 파랑 혜성의 이름을 짓는 사람이 누구일지 결정해야 한다. 선택지로 과학자, 학생, 우주 비행사가 주어지며, 각 선택지에 대해 제시된 배경을 기반으로 선택해야 한다. 웹사이트의 두 번째 주요 학습 구역은 문제를 협업하여 해결하는 수업인 '신서시스 Synthesis'다. 이 수업은 애드 아스트라에서 확립된 관행을 기반으로 한다.

'저희는 아이들이 스스로 생각하는 방법을 배워야 한다고 생각합니다. 아이들은 협업을 통해 복잡한 문제를 해결하고 불확실한 상황에서 어려운 결정을 내리는 연습을 할 필요가 있습니다. 전 세계에 있는 또래나 조력자와 협력할 기회를 얻습니다. [중략] 아이들은 우리가 현실 세계에서 마주하는 어려운 결정을 조금 바꾼 복합적인 문제를 해결하기 위해 팀 단위로 경쟁을 합니다. 아이들은 네트워크를 쌓고, 예술 소장품을 큐레이팅하고, 바다 생태 환경을 관리하고, 들불을 통제하고, 우주를 정복합니다.'

신서시스의 주된 목적은 학생들이 '어려운 결정을 다른 사람과 협업해서 내리는 연습'을 하게 만드는 것이다. 학교는 이런 연습이 다른 교육 과정과 아스트라 노바를 구분하는 요소라고 생각한다.

조슈아 단은 애드 아스트라와 아스트라 노바의 뒤에서 실질적이고 교육학적인 추진력을 제공한 주요 인물이다. 아스트라 노바 웹사이트에는 '일론의 유일한 지시 사항은 〈위대한 것을 만들자〉라는 것밖에 없다'라고 쓰여 있다. 2015년 미국 국세청 서류에 따르면 머스크가 학교에서 보낸 시간은 일주일에 1시간뿐이었다. 그가 지닌 넓은 범위의 거대한 책무를 고려하면 놀랍지 않은 사실이다. 하지만 모든 방면에서 학교의 철학은 과거와 완전히 다를 미래와 관련된 교육을 어떻게 할 것인가에 대한 머스크의 깊은 신념에서 나온 것이 분명하다. 아스트라 노바가 내세운 '신서시스의 5가지 원칙'만 봐도 머스크가 목표를 추구하고 반복된 과제에 도전한 방식을 알 수 있다.

⑴ 혼란을 받아들여라

⑵ 가정을 시험해 보아라

⑶ 좋은 설명을 찾아라

⑷ 과정은 수정될 수 있다

⑸ 좋은 일에 기여하라

　물론 아스트라 노바는 국제 교육 시스템이라는 바다에 떨어진 물 한 방울일 뿐이다. 완전히 독창적인 아이디어도 아니다. 능동적 학습과 프로젝트와 현실 세계를 기반으로 한 사고방식의 원칙은 오랜 시간 동안 다양한 성공과 분포를 이루며 개발되고 논의됐다.

　관습적인 모델을 파괴하고 프로젝트를 전 세계에 영향력을 미치는 규모로 확장해 온 머스크의 행적을 고려하면 아스트라 노바와 이 학교가 세운 원칙은 지금 우리가 보는 것보다 훨씬 넓은 범위에 영향을 미칠 수 있다.

PART 6

나는 오늘도
새로운 일을 벌이고 싶다

눈앞의 이익보다
멀리 내다보라

ELON MUSK

철학자 같은 엔지니어

전 세계의 자수성가한 억만장자들은 리더십과 경영 기술, 재무적 의사 결정, 투자 포트폴리오, 개인적인 투지와 집념 등 다양한 이유로 대중의 관심을 받는다. 일론 머스크의 경우 이 항목들 외에도 대중은 그의 정신이 작동하는 방식에 관해 큰 관심을 보인다. 외부 세상이 그의 특출난 지능의 비밀 공식을 알아내려고 시도하면서 머스크가 지식을 습득하고 합성하는 방식은 셀 수 없이 많은 유튜브 영상과 글의 주제가 되었다. 여기에는 일론 머스크의 특출난 능력 중 무엇인가 습득할 만한 것이 있으면 좋겠다는 바람이 깔려 있다.

머스크와 인연이 닿는 거의 모든 사람은 머스크를 만나고 그의 뇌가 지닌 힘의 깊이와 민첩성에 감탄하고 만다. 미국의 억만장자 찰리 멍거^{Charlie Munger, 워런 버핏이 이끄는 버크셔 해서웨이 지주 회사의 부회장}는 2014년 데일리 저널 연례 회의^{Daily Journal Annual Meeting}의 질문 세션에서 머스크를 만나 보니 어땠냐는 질문을 받았다. 날카로운 기업가 정신뿐 아니라 경영 방식에서 보여 준 지혜로도 유명한 멍거는 다음과 같이 대답했다.

"제 생각에 일론 머스크는 천재예요. 저는 이 단어를 가볍게 사용하지 않아요. 저는 머스크가 세상의 주목을 받은 사람 중에서 가장 대담한 사람 중 한 명이라고 생각합니다."

멍거가 받은 머스크에 대한 인상은 머스크 왕국에 동력을 제공해 준, 날카로운 지적 활동에 혁신적인 용기가 더해진 지능적 연료를 잘 설명하고 있다.

일론 머스크가 '한낱' 사업가가 아니라는 사실은 명백하다. 다양한 방면에서 그의 벤처들이 가져다 준 금전적 결과물은 부수적인 것이었다. 머스크는 지금 가진 돈으로 더 많은 돈을 벌겠다는 목표(이건 펀드매니저와 벤처 투자자의 영역에 더 가까운 노력이다)보다 실질적이고 공학적인 문제에 지능을 적용하면서 부를 축척했다. 머스크는 근본적으로 엔지니어다.

"제가 저를 엔지니어라고 묘사하는 이유는 제가 하는 일 대부분이 공학이기 때문이에요."

이 말은 머스크가 만든 비즈니스 왕국의 거의 모든 영역에 적용된다.

나무의 몸통과 큰 가지를 먼저 이해하라

머스크는 자신이 정신적 성과를 발휘하는 명확한 공식을 어딘가에 써 놓지는 않았다. 하지만 머스크는 자신이 정신을 어떻게 최적화하는지에 관한 논리적인 통찰을 할 수 있을 만큼 생각, 교육, 문제 해결에 대한 회상을 충분히 제공했다.

나는 지능에 관한 머스크의 관점이 다음 다섯 가지를 기반으로 한다고 본다.

1) 정보의 흡수와 저장

2) 아이디어와 정보의 종합

3) 제1 원칙 사고방식

4) 인지적 편견에 대한 저항

5) 아이디어를 실행으로 전환

이 중 첫 번째를 살펴보면 머스크는 특출난 기억력을 타고난 것이 분명하다. '포토그래픽 기억력photographic memory, 사진을 찍은 것처럼 생생하게 기억할 수 있는 능력_옮긴이'이라는 개념이 유효한가는 심리학자 사이에서 논란이 있는 주제이지만, 어릴 적부터 머스크는 데이터와 정보를 전달받았을 때 머릿속에 빠르게 각인시키는 능력을 지니고 있었던 것 같다. 머스크는 2020년 액슬 스프링거Axel Springer 시상식에서 진행된 인터뷰 중 그의 기억력에 관한 질문과 정말 포토그래픽 기억력을 타고났느냐는 질문에 이렇게 대답했다.

"어떤 주제에 관해서는 포토그래픽 기억력을 지니고 있어요. 기술과 관련된 건 인간치곤 뛰어난 기억력을 가지고 있죠. 하지만 컴퓨터가 저보다 훨씬 나아요."

이 인용구에서 눈에 뜨이는 구절은 '인간치곤 뛰어난 기억력을 가지고 있다'이다. 머스크는 자신이 지능 등급의 상위권에 있다는 사실을 인지하는 동시에 인류의 지능이 지닌 한계를 완벽히 이해하고 있는 것 같다. 2015년 레딧 스레드Reddit thread, 레딧이라는 소셜 커뮤니티에서 하나의 주제에 관해 논의한 내용을 모두 묶어놓은 것_옮긴이에서 지식에 목마른 팔로워 한 명이 "어떻게 그렇게 많은 내용을 빨리 배우시나요?"라고 질문했다. 머스크는 답을 하기 전에 자신이 슈퍼 지능을 지닌 사람이 아니라는 사실을 숨김없이 말했다.

"머릿속이 좀 꽉 찬 것 같다는 느낌이 들어요! 멀티태스킹이 어렵고 예전만큼 분리된 프로세싱을 하는 게 힘들어요."

이 문장에서 머스크는 컴퓨터 용어를 활용하여 스스로를 분석했다. 머스크는 이렇게 자신의 두뇌를 물리적인 시스템, 즉 특정한 성능과 구조적 특징을 가진 자연 공학의 산물로 여겼다. 머스크는 정신을 공학적으로 개선하거나 최종적으로 지능을 디지털 영역의 더 탄탄한 시스템에 위탁하여 시스템 문제를 보전할 가능성을 들여다본 것 같다.

레딧 스레드의 나머지 부분에서 머스크는 자신이 머릿속에서 정보를 어떻게 정리하고 저장하는지에 대한 실질적인 통찰을 제공하고 대중에게 힘을 북돋아 주는 말을 남겼다.

솔직히 말해서 저는 사람 대부분이 자기가 할 수 있다고 생각하는 것보다 많이 배울 수 있다고 생각합니다. 사람들은 시도해 보지도 않고 스스로를 과소평가하죠.

조언을 하나 해 드릴게요. 지식을 일종의 의미론적 나무라고 보는 행위가 중요합니다. 근본적인 원칙, 즉 나무의 몸통과 큰 가지들을 이해하고 난 다음에 나뭇잎과 세부 사항으로 들어가야 합니다. 그렇게 하지 않으면 그 나뭇잎이 붙어 있을 데가 없으니까요.

사업 분석가와 사고 전문가는 머스크의 '의미론적 나무'

를 자세히 연구했다. 이 개념은 단단한 심리학 이론과 실행에 기반을 두고 있다. 기억은 기본적인 3가지 과정에 의해 생성된다.

1) 주목: 기억해야 하는 입력값을 향해 능동적으로 집중하기
2) 부호화: 단기 기억에서 장기 기억으로 정보를 이동시키는 방식. 특히 새로운 입력값을 기존의 지식과 기억에 연관시키는 방식으로 저장하기
3) 회수: 기억을 의식으로 다시 불러오기.

의미론적 나무에 관한 머스크의 생각은 기억 형성의 3가지 요소를 모두 실질적이고 빠르게 적용할 수 있는 방식으로 다룬다.

기본적으로 의미론적 나무는 정보를 머릿속에서 정리하는 방식이다. 나무의 몸통은 연구되고 있는 핵심 주제이고, 이후 갈라진 부분과 가장 큰 아래쪽 가지들은 그 주제의 주요 부주제이다. 다른 것을 추가하기에 앞서 이 내용을 제대로 이해해야 한다. 수십만 개의 분리된 정보 덩어

리가 관련된 네트워크에 통합되지 못해서 의식을 스쳐 지나가려고 할 때 그 정보를 기억하려고 생각하는 시간을 소비하는 행위는 무의미하다. 나무의 몸통, 갈래, 굵은 가지의 세부 사항과 개념을 모두 이해하고 나서 생각을 하면 굵기가 가는 가지와 잔가지에 대한 구체적인 정보를 더 성공적으로 추가할 수 있다.

이 체계를 사용해서 지식을 구성하면 뇌가 능동적으로 모든 정보 조각을 관련된 맥락에 배치하고 모든 개별 정보의 바이트^byte가 나머지에 의해 튼튼해지면서 주목과 부호화 프로세스를 강화한다. 이 체계는 각 연결이 연상을 통해 소환 작용을 촉진하는 역할을 해서 생각하는 주체가 나무 몸통에서 위쪽으로 길을 따라 올라올 수 있다. 따라서 회수 프로세스에도 도움이 된다. 이런 시스템을 사용했을 때 전체 기억 구조는 튼튼한 뿌리를 형성한다.

머스크가 의미론적 나무를 의도적인 기억 장치라기보다 비유로 사용했을 가능성도 있지만, 이는 원칙의 효율성을 전혀 훼손하지 않는다. 머스크는 먼저 근본 아이디어를 이해하고 나서 이 단단한 체계 위에 세부 사항을 걸어 놓는 방법을 추천한다.

독서는 혁신의 원천이다

'머스크식 사고방식'의 두 번째 요소인 아이디어와 정보의 종합은 혁신과 파괴를 통한 문제 해결을 위해 다양한 영역에서 생각을 끌어오는 머스크의 방식을 지칭한다. 머스크에게는 좋은 책을 많이 읽는다는 오래됐지만 간단한 장점이 있다. '리더는 책을 읽는다'라는 말은 오래도록 높이 평가되어 왔고 머스크는 이것을 완벽히 구현했다. 어린 시절 머스크는 책에서 정보를 빨아들이듯 책장에 꽂힌 수많은 책을 열정적으로 읽었다. 오늘날까지도 머스크는 정보가 가득하고 흥미로우면서도 어려운 책을 계속 읽고 있다.

머스크가 광대한 범위의 내용을 읽는 건 맞지만, 그의 독서 패턴이 목적 없는 지적 방황은 아닌 것으로 보인다. 머스크의 독서는 의미론적 나무와 관련된 가지를 더 많이 만들어 주기 위한 목적성 있는 노력이다. 이는 연결된 혁신과 정보를 기반으로 한 결정을 내리는 데 바탕이 되는 재료를 제공해 주었다.

　머스크는 자신의 사고방식에 큰 영향을 미쳤거나 공개적으로 추천해 온 작품의 최종 후보 목록을 공개했다. 이 목록은 끝없이 진화하고 있다.

아이작 아시모프Isaac Asimov와 로버트 하인라인Robert Heinlein의 공상 과학 소설

J. R. R. 톨킨Tolkien, 『반지의 제왕(1954~55)』

프랭크 허버트Frank Herbert, 『듄(1965)』

아인 랜드Ayn Rand, 『아틀라스(1996)』

J. E. 고든Gordon, 『구조: 구조물은 왜 무너지지 않는가(2003)』

닉 보스트롬Nick Bostrom, 『슈퍼인텔리전스: 경로, 위험, 전략(2014)』

맥스 테그마크Max Tegmark, 『라이프 3.0: 인공 지능이 열어 갈 인류와 생명의 미래(2017)』

이안 굿펠로Ian Goodfellow, 요슈아 벤지오Yoshua Bengio, 에런 쿠빌Aaron Courville, 『심층 학습(2016)』

나오미 오레스케스Naomi Oreskes, 에릭 콘웨이Erik M. Conway, 『의혹을 팝니다: 담배 산업에서 지구 온난화까지 기업의 용병이 된 과학

자들(2010)』

숀 캐롤Sean Carroll, 『큰 그림: 삶, 의미, 우주 그 자체의 기원에 대하여(2017)』

샘 해리스Sam Harris, 『거짓말하기(2013)』

애덤 스미스Adam Smith, 『국부론(1776)』

월터 아이작슨Walter Isaacson, 『벤저민 프랭클린(2004)』, 『아인슈타인: 삶과 우주(2008)』

도널드 발렛Donald L. Barlett, 제임스 스틸James B. Steele, 『하워드 휴즈의 제국(2004)』

로버트 매시Robert K. Massie, 『캐서린 더 그레이트: 여인의 초상(2011)』

리처드 브랜슨Richard Branson, 『평소처럼 사업을 망쳐라: 자본주의를 선의의 세력으로 만들기(2017)』

피터 틸Peter Thiel, 『제로투원(2014)』

이 목록은 머스크가 살면서 읽은 작품 수백 편 중에서 잘라 낸 아주 얇은 조각에 불과하다. 하지만 이 책들은 머스크의 생각을 끌어당기는 정보의 종류에 관한 여러 가지 통찰을 제공해 준다. 이 도서들은 확실한 논리적 카테고리로 분류된다. 공상 과학 소설과 판타지 소설은 미래에 흥미를 느끼는 사람에게 매력적인 장르이므로 테크업계 사업가의 책장에서 흔히 찾아볼 수 있다. 하지만 머스크는 철학과 과학부터 전기와 사업 경영을 아우른 비문학 스펙트럼까지 넓고 자유로운 범위를 포괄한 독서를 했다. 언뜻 보면 머스크의 독서 습관은 산만한 정신을 나타내는 지표 같을 수 있다. 하지만 전체적으로 보면 각 주제가 다른 주제에 반영되며 서로 다른 연구 분야를 하나로 융합시키는 지적 싱크리티즘syncretism과 관련돼 있다.

머스크의 독서 목록에 있는 책 몇 권이 그의 인생 경험에 특별한 영향을 미친 듯하다. 예를 들어 2013년 1월 22일 앨리슨 반 디글렌Alison van Diggelen과 한 인터뷰에서 머스크는 자신이 어린아이였을 때 읽었던 책 한 권이 어떻게 그에게 철학적이고 논리적인 전망을 열어 주었는지에 대해 설명했다.

제가 12살인가 15살쯤 되었을 때예요……. 저는 존재론적 위기를 겪고 있었고 삶의 의미를 알아내려고 다양한 책을 읽었어요. 이게 다 무슨 의미일까? 하고 고민했죠. 모든 것이 별 의미가 없어 보였어요. 그러다가 집에서 니체와 쇼펜하우어가 쓴 책 몇 권을 발견했어요. 이건 14살에 읽으면 안 되는 책이죠(웃음). 이 책은 정말 해로워요. 정말 부정적이죠. 그래서 그다음에 『은하수를 여행하는 히치하이커를 위한 안내서』를 읽었어요. 제가 보기에는 꽤 긍정적이고, 답보다 질문이 더 어려운 경우가 많다는 점을 강조한 책이었죠. 질문을 제대로 할 수 있으면 답하는 건 쉬워요. 그러니까 은하계를 더 많이 이해할수록 어떤 질문을 해야 할지 더 잘 알게 되는 거죠. 삶의 의미는 무엇일까? 하는 의문점을 제일 잘 표현한 질문이 무엇이든 바로 그 질문으로 우리는 이해의 경지에 궁극적으로 가까워질 수 있는 거예요. 그래서 저는 우리가 할 수 있을 만큼 의식 및 지식의 규모와 범위를 확장하면 좋을 거라고 생각했어요.

『은하수를 여행하는 히치하이커를 위한 안내서』의 영향을 받은 테크업계 사업가는 머스크 이전에도 많았다. 하지만 머스크가 질문의 중요성에 관해 밝힌 생각은 여전히 그의 사고방식과 연관이 있어 보인다. 우리가 하는 질문, 특히 질문을 구성하는 명확성은 아이디어와 앞으로 나아갈 추진력을 만들어 내는 엔진이다. 머스크에게 종이 위의 아이디어는 그곳에 멈춰 있는 것이 아니었다. 그는 글로 표현된 개념, 사실, 믿음, 데이터와 그 이상을 현실에서 활성화했다. 그의 독서는 무엇보다 실용적이었다. 우리는 이러한 특징을 직접적인 사례 몇 가지에서 찾아볼 수 있다. 예를 들어, 스페이스 엑스의 구상 단계에서 짐 캔트렐이 머스크에게 『로켓 추진력의 기초Rocket Propulsion Elements(2010)』, 『가스 터빈과 로켓 추진력의 공기 열역학Aerothermodynamics of Gas Turbine and Rocket Propulsion(1996)』, 『우주 역학의 기본 원리Fundamentals of Astrodynamics(1971)』, 『우주 발사 시스템에 대한 국제 참고 안내서International Reference Guide to Space Launch Systems(2004)』 등 중요한 교과서 여러 권을 빌려주었다. 캔트렐은 머스크가 이런 책에서 얻은 정보를 기억에 남기는 방식에 대한 놀라움을 공개적으로 표출했다. 머스크는 긴 문구들을 문자 하나하나 그대로 떠올리며 이야기할 줄 알았다. 그러니까 머스크는 말 그대로 혼자서 로켓 과학을 학습했다.

캔트렐은 머스크가 어마어마한 지식 습득력을 지니고 있음에도 어떤 주어진 과목을 통달하는 자신의 역량을 과대평가하지 않았다는 설명을 덧붙였다. 머스크가 관련 분야를 대표하는 최고의 실력자를 고용하거나 함께 시간을 보내는 등 전문가의 의견에도 귀를 기울인다고 말했다. 캔트렐은 머스크가 전문가들과 함께 있을 때면 최대치로 주의력을 끌어모아 그들에게 집중한다고 말한다.

"마치 그들이 가진 경험을 빨아들이려고 하는 것처럼 보였어요. 머스크는 다른 사람의 말을 정말 경청해요."

연구 중인 대상이거나 대화 중인 사람에게 완전히 주의를 기울이는 머스크의 힘은 그의 뛰어난 학습 능력을 이해하는 데 필수적이다. 강력한 주목은 기억 형성의 두 번째 요소인 부호화 및 저장 과정을 고정시켜서 마지막 회수 단계를 위한 단단한 기반을 만들어 준다(287페이지 참고). 머스크에게 있어서 의미론적 나무는 가지들이 목적이 있는 나무 몸통과 연결되는 방식으로 강화된다. 머스크는 아이작슨이 쓴 벤저민 프랭클린 전기에서 읽었던 내용을 떠올리며 (CNN과 나눈 인터뷰에서) 이렇게 사색했다.

"프랭클린에 관해 말하자면 저는 그가 당시 필요했던 시점에 필요했던 일을 했다고 생각해요. 그러니까 프랭클린은 다양한 분야에서 활동했고 지금 당장 달성해야 할 필요가 있는 가장 중요한 것이 무엇인지 생각한 다음 그 일을 한 거죠."

머스크처럼 벤자민 프랭클린은 정말 다양한 분야의 지식을 지닌 사람으로 작가, 화가, 출판인, 정치 사상가, 과학자, 발명가, 정치인, 외교관, 미합중국 헌법 제정자 중 한 명(미국 독립 선언서의 입안자이자 서명자로 유명하다), 초대 우정 공사 총재, 초대 주프랑스 미국 대사, 초대 펜실베이니아 주지사였다. 머스크는 무엇인가를 아는 것과 그 지식으로 무언가를 해내는 일에는 하늘과 땅 만큼의 차이가 있다는 사실을 알았다. 아는 것에서 해내는 것으로 전환하려면 머릿속에 쌓여 있는 지식과 기술이 목적 있고 집중된 노력을 향하게 해야 한다.

일론 머스크가
꿈꾸는 세상

ELON MUSK

남들과 다르게 생각하라

머스크는 선천적인 파괴자다. 한 퀴라Quora, 질의응답 커뮤니티 웹사
이트_옮긴이 게시글에서 캔트렐은 다음과 같은 도발적인 질문
을 받았다.

'일론 머스크는 선지자인가요, 아니면 그냥 미친 사람인
가요?'

캔트렐이 한 답변의 도입부는 질문의 틀을 벗어났다.

제 생각에 머스크는 둘 다 아니고, 무뢰한입니다. 그는 '인류를 다중 행성 종으로 만들기', '인류가 화석 연료에 의지하지 않게 하기' 등 매우 거창한 이상을 지니고 있고 이 일에 엄청난 에너지, 시간, 자원을 쏟습니다. 일론은 매우 똑똑하고 거의 소진되지 않는 에너지를 가지고 있는 데다가 진전을 이루는 것에 대한 엄청난 욕구를 지니고 있어요. 그는 정말 무뢰한이에요. 이 일을 일반적인 사고방식과 행동 방식에서 벗어나서 하기 때문이죠. 머스크가 떠난 모험의 다양한 영역에 동참했던 많은 사람과 마찬가지로, 머스크는 인생의 어떤 순간에 급진적인 변화가 시스템 안에서는 일어날 수 없고 시스템 밖에서 일어나야만 한다는 사실을 깨달은 거예요. 우리 중 일부는 더 큰 경제 체제와 사회가 실제로 발전을 가로막고 있다고 생각합니다. 정말 세상을 더 나은 곳으로 바꾸려면 지금의 시스템을 벗어나야 한다고 믿죠.

여기에서 캔트렐은 '무뢰한'이라고 표현한 머스크의 성격에 대한 자신의 해석을 설득력 있게 주장한다. 현실에

묶여 있지 않은 남자의 거만함으로 보일 수 있는 모습이 실제로는 관습에 저항하면서 '급진적인 탈바꿈'을 시도하는 남자의 실용주의적인 야망이다. 삶에 대한 이러한 시각은 머스크의 지적 능력을 구성하는 주요 요소이기도 하다. 기억과 혁신은 단순히 너덜너덜해진 길 위에 더 깊은 홈을 팠을 때보다 표준 모델을 벗어나서 생각의 소유권을 보강할 때 강화된다.

제1 원칙 사고방식

머스크는 우리에게 이미 존재하는 사고의 흐름을 가지고 단순하게 재작업하려는 순응에서 벗어나라고 말한다. 그 뒤에 전체적인 논의가 머무는 토대를 이해하는 것으로 돌아간 뒤 그 기반으로부터 혁신과 문제 해결을 고민하라고 권한다. 이 경우에도 여러 방면에서 다시 한번 의미론적 나무 이론이 반영된다. 생각하는 주체는 뿌리를 내려놓고 이해라는 나무의 단단한 몸통을 자라게 한 다음 복잡한 나뭇가지의 상부 구조를 추가한다. 단, 생각하는 주체가 문제를 곰곰이 생각하기 전에 기존에 존재했던 지식 덩어리 대부분을 버리는 일이 중요하다.

머스크는 이노마인즈^{Innominds}의 케빈 로즈^{Kevin Rose}와 나눈 인터뷰에서 제1 원칙을 통한 사고법에 관해 설명했다.

저는 비유보다 제1 원칙으로 추론하는 게 중요하다고 생각해요. 우리는 살면서 보통 비유를 통해 추론하죠. 이렇게 하는 이유는 그 문제에 지금 일어나고 있는 다른 일이나 다른 사람이 하는 일과 비슷한 점이 있기 때문입니다. 하나의 주제를 반복하는 거죠. 제1 원칙은 세상을 물리학 법칙으로 바라보는 일과 비슷하고, 여러분이 어떤 대상을 가장 근본적인 진실까지 압축한다는 것을 뜻해요. '우리가 진실이라고 확신하는 것 혹은 진실이라고 가장 확신하는 것은 무엇인가?'라고 묻는 거죠. 그런 다음 거기에서부터 추론하면서 올라오는 거예요.

2021년 12월 렉스 프리드먼^{Lex Fridman}과 한 인터뷰에서 머스크는 제1 원칙 사고를 언급했다. 그는 제1 원칙 사고를 물리학과 명시적으로 연관 지었다.

"물리학은 법칙이고 나머지는 모두 의견이에요. 법은 어길 수 있지만, 물리학을 거스를 수 있는 사람은 없어요."

머스크는 제1 원칙 사고가 과학 문제뿐 아니라 살면서 겪는 모든 문제에 적용될 수 있다고 말한다. 또한 중요한 건 상황의 근본적인 진실을 정의('우리가 진실이라고 가장 확신할 수 있는 것')한 다음 이 플랫폼 위에 이후의 생각을 쌓아 올려서 '자명한 기초를 설정'하는 일이라고 설명한다.

앞서 언급한 케빈 로즈와 나눈 인터뷰에서 머스크는 이와 같은 비판적 사고에 대한 접근 방식을 보여 주는 사례를 제시한다. 그는 배터리 기술을 특별히 살펴보았다. 머스크의 관점에서 보았을 때 배터리 팩에 대한 관습적인 생각은 무게가 많이 나가고 에너지 킬로와트시당 약 600달러라는 비싼 비용이 들어간다는 것이었다. 과거의 배터리가 그랬으므로 미래에도 그럴 거라고 예상한 것이다. 머스크는 이런 생각을 '멍청하다'고 비판하며 이런 식의 추론은 새로운 방향으로 바퀴를 돌리는 결과를 가져오지 못한다고 주장했다. 대신 머스크는 간단하면서도 방향성이 있는 질문 몇 가지를 가지고 제1 원칙으로 돌아가라고 말했다.

배터리의 구성 성분은 뭘까요? 코발트, 니켈, 알루미늄, 탄소, 분리용 고분자와 철이라고 말할 수 있겠죠. 이것들을 원자재 단위로 나눈 다음에 이렇게 생각해 보는 거예요. '음 그래, 이걸 금속 거래소에서 구매하면 각각 얼마일까? 아니 이럴 수가, 킬로와트시당 80달러잖아.' 이렇게 되는 거죠. 그러니까 그냥 그런 원자재들을 가지고 배터리셀 모양으로 합칠 똑똑한 방법을 생각해 내기만 하면 되는 거예요. 그렇게 하면 그 누구보다 훨씬, 훨씬 저렴한 배터리를 얻을 수 있는 거죠.

프리드먼과 나눈 인터뷰로 돌아가 보면 머스크가 문제를 근본적인 개념으로 나누는 또 다른 미묘한 방식을 전략에 추가한 것을 알 수 있다. 머스크는 '또 하나의 쓸모 있는 물리학 도구는 어떤 것을 한계점에 놓고 생각해 보는 행위'라고 설명했다. 이 방법론에서 머스크는 문제의 규모를 아주 작은 숫자로 줄이거나 아주 큰 숫자로 늘렸을 때 문제의 본질이 어떻게 변화하는지 보는 것에 관해 설명한다. 예를 들어, 제조업에서 비용은 생산 규모가 한 자릿수인지 백만 단위인지에 따라 급격히 변화한다. 양방향으로 규모를 변화해 보면 필수로 소모되는 시간과 비용의 효율성을 달성하기 위해 무엇을 해야 하는지 알 수 있다.

자존심보다 답이 중요하다

일론 머스크의 회사에서 일했던 직원 대부분의 말에 따르면 머스크에게 뜨거운 질문 공세를 받는 일은 엄청나게 불편한 경험이 될 수 있다. 공학 측면의 어려움이든 재무관리의 문제이든 그 어떤 주제에 관해서도 머스크는 자신이 명확하게 이해했거나 해결책에 도달했다고 느낄 때까지 문제의 핵심을 파고든다. 분명하지 않거나 부정확한 생각, 특히 프로젝트의 실현과 효율성에 관한 근본적인 문제와 관련된 것이라면 격하게 반응하기도 한다. 머스크는 질문을 당하는 사람의 사적인 감정은 거의 신경 쓰지 않는다.

중요한 건 오로지 답이다. 전직 미군으로 테슬라 재무 이사 직에 임명된 라이언 포플Ryan Popple은 2000년대 후반 격동의 시간 동안 머스크가 회사에서 어떤 존재였는지 설명했다.

"뒤처지기 시작하면 끔찍한 비용을 치러야 했어요. 성과가 없는 사람은 해고됐죠. 일론의 머리는 계산기 같았어요. 프로젝터에 말이 안 되는 숫자가 뜨면 찾아냈죠. 일론은 세부 내용을 놓치지 않아요."[26]

직원들은 심문당하는 사람이 도움이 되는 새로운 정보와 세부 내용을 제공하면서 자신의 의견을 방어하면 머스크가 실제로 생각과 방향성을 바꾸기도 한다는 점도 언급했다. 머스크에게 중요한 건 답이지 자존심이 아니었다(머스크는 비판적인 피드백을 끌어내는 일이 실제로 매우 중요하다고 말했다. '특히 친구의 비판'이 중요한데, 여기에는 바라건대 당신이 최고의 이익을 얻길 바라는 진심 어린 마음과 솔직함이 모두 들어 있을 것이기 때문이다).

직원에게서 최고의 생각을 뽑아내겠다는 그의 흔들림

---

26) 애슐리 반스의 저서, 『일론 머스크(2015)』, 182쪽.

없는 의지는 2021년 12월 19일에 '모두가 어릴 때 배워야 하는 것'이라고 트위터에 올린 간단한 글에 나타난다. 이 구절 뒤에는 '당신의 최고 버전이 되기 위해 조심해야 할 50가지 인지적 편견'이라는 제목의 그래픽이 붙어 있었다. 그래픽은 각각에 대한 짧은 예시와 함께 생각할 때 범하게 되는 근본적인 실수 50가지를 수록했다. 그래픽에는 실패는 내 잘못이 아니고 성공만 내 덕이라고 생각하는 '자기 맘대로 편견', 우리가 하는 일을 모두가 알 거라고 짐작하는 '지식의 저주'가 있다. 또한 온라인에서 찾은 정보를 빠르게 잊어버리는 '구글 효과(또는 디지털 기억 상실증)', 권위자가 제시한 이론을 시험해 보지 않고 과도하게 믿어 버리는 '권위 편견', 편견이 나에게는 없고 다른 사람에게만 있다고 생각하는 '맹점 편견'도 다룬다.

렉스 프리드먼과 나눈 인터뷰 중 머스크는 우리 머릿속에서 운영되는 시스템에 관하여 과학적인 뉘앙스가 담긴 관점을 제시했다.

우리는 지금 두 개의 층으로 운영되고 있습니다. 모든

충동이 일어나는 원시 뇌 층 같은 대뇌변연계를 가지고 있어요. [중략] 컴퓨터가 부착된 원숭이의 뇌 같은 걸 가지고 있는 거죠. 그게 인간의 뇌입니다. 우리가 느끼는 여러 가지 충동과 모든 것이 원숭이 뇌에 의해 일어나요. 피질의 컴퓨터는 계속 원숭이 뇌를 행복하게 만들려고 노력하죠. 피질이 원숭이 뇌를 조종하는 것이 아니라 원숭이 뇌가 피질을 조종합니다. [중략] 똑똑한 게 멍청한 걸 제어하는 게 맞지만, 실제로는 멍청한 게 똑똑한 걸 제어한답니다.

머스크는 생물학적 잠재력의 편에 남아 인간이 정돈된 이성의 경계 안에서만 활동한다고 보지 않는다. 그는 이렇게 말했다.

"인간은 선천적으로 희망적인 사고를 하는 경향이 있어요."

머스크는 절대 스스로 인지적 편견이나 대뇌변연계로부터 자유로워졌다고 주장하지 않겠지만, 정신적으로 순응하지 않는 패턴을 반복적으로 보여 주었다. 머스크는 인터뷰에서 물리학 공부가 사고를 날카롭게 만드는 데 특히 도움이 됐다고 말했다. 물리학은 학생들에게 제1 원칙으로 돌아가서 진실에 최대한 가까워질 때까지 엄격한 과학 체계를 따르라고 가르치기 때문이다.

머스크는 좋은 비판적 사고 과정에 관한 보편적인 투자를 지지하기도 했다.

"대체로 비판적 사고를 하면 좋습니다. 여러분이 알고 있는 것이 맞는 사실인지, 올바른 적용이 가능한 진리인지 살펴보는 거죠. 논리가 마땅히 연결되고 있을까? 그렇다면 가능한 결과의 범위는 뭘까? 결과물은 딱 확정되는 게 아니라 범위로 나타나요. 그래서 이상적으로 여러분이 게임판의 주인이라는 사실을 확실히 하려면 그런 확률이 뭔지 생각해 봐야죠. [중략] 여러분이 게임판의 주인이라면 도박을 해도 돼요."

머스크는 채용 과정에도 비판적 사고 모델을 적용한다. 그는 채용과 면접 과정에서 지원자에게 다음 두 가지 능력이 있는지 주의 깊게 살핀다.

1) 창의력과 혁신을 통해 문제를 해결하는가.

2) 일을 끝낼 수 있는가.

2020년 11월 6일 머스크는 '머스킷티어'에게 다음과 같은 메시지를 보냈다.

'이력서를 보낼 때 여러분이 해결한 가장 어려운 문제 몇 가지와 그 문제를 정확히 어떻게 해결했는지 묘사해 주시길 바랍니다.'

이 요구 사항은 어떤 측면에서 보면 간단하지만, 정교한 부분이 숨겨져 있다. 과정과 성취에 대한 사고의 틀을 재구성하기 위해 자격 취득 여부에 집중하지 않는다. 자기소개서에 자주 등장하는 자화자찬이 담긴 군더더기들을 뚫고 지나간다. 머스크는 지원자가 스스로를 어떻게 생각하는 지에는 관심이 없고 지원자가 할 수 있는 일이 무엇인가에만 관심이 있다.

'스스로를 엄격하게 분석하라'는 것은 머스크가 제시한 또 하나의 꼭 맞는 지혜 조각이다.

도전하고 또 도전하라

이 세상에는 일론 머스크가 이 행성에서 오십 몇 년 동안 해낸 일의 1퍼센트조차 이뤄 보지 못한 학문적으로 똑똑한 사람들이 가득하다. 한 인터뷰에서 머스크는 질적이고 양적인 측면에서 나타난 업적의 거대한 차이에 관하여 다른 뛰어난 엔지니어나 능력 있는 관리자와 그를 구분하는 점이 무엇이냐는 직접적인 질문을 받았다. 이 질문을 들은 머스크는 어색해하고 주저하며 고민했다. 머스크가 머뭇거리며 꺼낸 답은 약간의 유머와 현실주의를 더하여 중요한 사실을 드러낸다.

우선 저는 절대로 제가 뭐든 할 수 있다고 생각하거나 다른 사람이 불가능하다고 생각하는 일 대부분을 할 수 있다고 여기지 않아요. 사람들이 불가능하다고 생각하는 많은 일은 실제로 불가능합니다. 그런데 가끔 그렇지 않은 게 있어요. [중략] 자신이 하는 일을 진심으로 믿어야 하지만, 맹목적으로 믿는 게 아니라 정말 진지하게 생각해 보고 나서 "그래 이건 사실이야. 난 이게 사실이라고 확신해. 모든 각도에서 이게 틀렸는지 알아내려고 했고 내가 틀린 건지 알려 줄 부정적인 피드백을 찾아다녔어. 하지만 이 모든 걸 하고 나서도 여전히 이게 올바른 방향인 것 같아"라고 말하는 거죠. 저는 바로 이런 행위가 우리에게 근본적인 신념과 그 신념을 다른 사람에게 전달할 능력을 준다고 생각해요.

머스크의 첫 문장은 서구 비즈니스 자기 계발의 낙관적인 사상을 특징짓는 '당신이 불가능한 일을 해낼 수 있다고 믿어라'라는 주문에 반박한다. 머스크는 인류가 희망적인 사고에 기대는 본성이 있는데, 무엇인가 할 수 있다는 믿음만으로는 항상 현실이 따라오지 않는다고 생각한다. 머스크는 인지적인 측면을 포함한 모든 수준에서 동기를 부여하는 매력적인 아이디어를 가지고 있는 것에 훨씬 강력한 힘이 있다고 말하고 있다. 동기 부여 문구에 지능적인 부분이 빠지는 경우가 많다. 머스크는 좋은 아이디어를 엄격하게 시험하고 분석하고 압박 시험을 했는데도 잠재력과 가치가 계속 유지된다면 그제야 동기를 부여받는다.

이러한 관점에서 보면 초인적으로 오랜 시간 동안 일하는 머스크의 어마어마한 역량이 조금 더 이해될지도 모르겠다. 아이디어가 자체적인 에너지와 추진력을 공급한다. 그 이후에는 조금 더 간단해진다.

"극단적으로 집요해지고, 악착같이 일하세요. 제 말은 매주 80시간에서 100시간씩 일해야 한다는 뜻이에요."

머스크는 우리가 '투지'라는 용어로 설명할 만한 역량을 지니고 있는 것이 분명하다. 2008년에 스트레스가 최고조인 상태로 경영을 하는 머스크를 목격한 발로어 에퀴티의 창립자이자 CEO인 안토니오 그라시아스Antonio Gracias는 머스크가 그해에 겪었던 일이 '다른 사람이었으면 무너져 내렸을 경험'이라고 말한다. 하지만 그는 머스크가 지속적으로 지치는 압박 아래 놓인 상황에서도 장기적 결정을 내릴 수 있도록 특출난 힘을 제공해 주는 '초이성적인' 상태로 들어가서 인상적인 집중력을 발휘하는 모습을 목격했다. 그라시아스는 이 자질이 회사 내부와 경쟁사의 수많은 다른 임원과 머스크를 구분하는 특징 중 하나라고 보았다. 머스크는 대부분이 극복하지 못하는 다양한 수준의 지적 고통과 정신적 불편함을 버틸 수 있다. 그라시아스는 머스크에게 가해지는 압력이 심해질수록 머스크의 인지적 능력이 증가하는 것 같았다고 언급했다.

"어려우면 어려울수록, 그는 더 잘 해냈다."[27)]

그런 자질은 어떤 분야에서도 흔하지 않다. 어쩌면 머스크가 이를 달성할 수 있었던 이유에 관한 유일한 단서는 그가 '초이성적인' 상태가 되었다는 사실뿐일지도 모른다. 스트레스를 받는 상황에서 성공적인 결과물을 내는 행위를 방해하는 가장 큰 적은 겁에 질리는 일이다. 어쩌면 머스크는 단순히 그 사실을 이해하고 논리와 적용이 최선의 탈출구라고 인식했을지도 모른다.

최근 직장 관행을 전문적으로 연구하는 일류 학자들과 경제학자들이 장시간 노동이 곧 생산성으로 이어진다는 생각에 의문을 제기해 왔다. 스탠퍼드 노동 연구소[IZA]의 경제학 교수인 존 펜카벨[John Pencavel]은 2014년에 진행한 생산성 연구에서 주 50시간 노동 이후 생산성이 급격하게 떨어졌다는 사실을 밝혀냈다. 또한 그는 주 55시간이 넘으면 생산성이 너무 떨어져서 추가 시간이 주간 산출물에 거의 기여하지 못한다는 사실을 발견했다(단, 이 연구는 육체 노동자를 대상으로 진행됐다).

보스턴 대학 교수 에린 레이드Erin Reid는 고위급 간부들이 주 80시간을 일하는 컨설턴트와 단순히 일하는 척을 한 직원의 생산성을 대체로 구분해 내지 못한다는 사실을 발견했다.

하지만 머스크는 진정한 생산성을 발휘하며 오랜 시간 일할 수 있는 능력을 지닌 듯하다. 그는 불투명한 경영 과제를 할 때뿐 아니라 밤새워 소프트웨어 코딩을 하거나 스페이스 엑스 작업실 바닥에서 어떤 목표를 달성하기 위해 며칠 연속 일을 하는 등 개발 업무에서도 이 능력을 증명해 보였다.

머스크는 가끔 일과 가정의 균형을 찾고자 하는 사람에게 공감하지 못하는 것 같다. 한 테슬라 직원이 아이가 태어나는 순간에 아내 곁에 있으려고 휴가를 냈더니 머스크가 질책했다. 머스크가 보낸 이메일에는 이렇게 쓰여 있었다.

'우리는 세상과 역사를 바꾸고 있습니다. 일에 전념하거나 아무것도 하지 않거나 둘 중 하나예요.'[28]

---

27) 애슐리 반스의 저서, 『일론 머스크(2015)』, 214쪽
28) 애슐리 반스의 저서, 『일론 머스크(2015)』, 182쪽

뛰어난 기능적 지성, 증명된 아이디어를 뒷받침하는 강렬한 동기, 위험에 대한 훌륭한 내성, 헤라클레스 같은 인내심을 가지고 일할 수 있는 능력의 조합이 머스크가 이룬 성공의 기반이다.

최근에 머스크가 노화의 영향을 받고 있다는 조짐이 보였다. 2018년 8월 머스크는 〈뉴욕 타임스〉와 한 인터뷰에서 직장 만성 피로의 증세가 조금 나타나기 시작했다고 털어놓았다. 그는 2001년 이후로 일주일 이상 일을 쉬어 본 적이 없고, 주 120시간 일을 하기도 했다(가끔은 공장 시설에 계속 머무르며 외출하지 않고 3~4일을 보내기도 했다). 또한 47번째 생일날 밤을 맞이했을 때 24시간을 쉬지 않고 일한 상태였고, 앰비엔Ambien, 수면제을 먹어야 할 만큼 수면에 문제가 생겼다고 말했다(인터뷰 내용이 공개되고 하루 뒤 테슬라 주가가 8퍼센트나 떨어졌다).

어떤 사람은 머스크가 문제를 시인한 행위가 그가 속도를 늦추고 있다는 신호라고 말할지 모르지만, 나는 이것이 시사하는 바가 조금 다르다고 생각한다. 내가 알기로 머스크는 어떤 뛰어난 능력을 지녔다는 사실은 인정했지만,

단 한 번도 자신이 초인적인 사람이라고 주장한 적은 없
다. 머스크는 확실히 모든 인간의 시스템에 들어 있는 '결
함'을 완벽히 인지하고 있다. 머스크에게 궁극적으로 중요
한 것은 어떤 형태로 드러난 논리든 그 논리를 따르는 것
이다.

불가능한 도전을 통해
꿈을
현실로 만들어라

일론 머스크는 논란이 많은 인물이다. 이에 대해서는 의심할 여지가 없다. 그의 인생의 어떤 장에 책갈피를 찔러 넣어도 그가 이룬 사업적 위업만큼이나 많은 자리를 차지하는 개인적인 이야기나 사건이 있을 것이다. 그의 개인사는 특히 자세히 관찰돼 왔다. 탈룰라 라일리와는 2012년 이혼한 뒤 2013년에 재결합했고 2016년에 마지막으로 이혼한다. 그 이후 2017년에 머스크는 할리우드 배우 앰버 허드Amber Heard와 사귀었다. 2018년에 머스크는 캐나다 음악가 그라

Elon Musk @elon Musk
19시간전

머스크의 부와 성공이 커질수록 미디어는 그의 개인사에 깊은 관심을 가졌다. 머스크가 가수, 작곡가, 음반 제작자인 그라임스와 함께 2018년 뉴욕 메트로폴리탄 미술관에서 진행된 멧 갈라Met Gala에 모습을 드러냈을 때 찍은 사진이다.

임스Grimes와 연애를 시작했고 이들은 2020년 5월에 아들을 낳았고, 2021년에 딸을 출산한 뒤 사이좋게 헤어졌다. 머스크는 단역으로 영상에 나온 적도 있다. 〈아이언맨2〉, 〈와이 힘?〉, 〈맨 인 블랙: 인터내셔널〉과 같은 영화는 물론이고 〈심슨네 가족들〉, 〈빅뱅 이론〉, 〈사우스 파크〉 같은 텔레비전 프로그램에 출연하기도 했다. 또한 (조금 더 진지한 모습으로) 넷플릭스 다큐멘터리 〈리턴 투 스페이스〉에도 나왔다. 머스크는 2021년 〈새터데이 나이트 라이브SNL〉 어머니의 날 에피소드에 어머니와 함께 주연으로 출연했다(그녀의 인상적이었던 대사는 "어머니의 날 선물이 기대되네. 도지코인만 아니면 좋겠어"였다). 여기에 더해 머스크는 직접 만들고 연주도 일부 한 음악 2곡을 발간했다. 하나는 랩('편히 잠들 거라, 하람베RIP Harambe')이고 나머지 하나는 일렉트로닉 댄스('너의 느낌을 의심하지 마Don't Doubt Ur Vibe')다.

2019년 12월 심각한 신규 호흡기 바이러스가 중국 후베이성 우한에서 발견됐다. 2020년 봄에 우리가 이제 코로나19라고 알고 있는 바이러스가 전 세계로 퍼져 나가며 세계를 제2차 세계대전 이후 최악의 사회적 위기로 떨어뜨

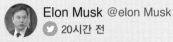

Elon Musk @elon Musk
20시간 전

머스크는 연기라는 또 다른 도전을 한다. 일론 머스크는 인기 티브이쇼였던 〈빅뱅이론〉의 2015년 11월 에피소드 '플라토닉 치환'에서 자기 자신을 연기했다.

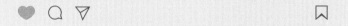

렸다. 모든 국가가 서로 다른 수준의 봉쇄령을 선포했다. 병원들은 눈사태처럼 쏟아져 나오는 코로나 확진자 때문에 마비가 될 지경이었다. 제약 회사들은 새로운 백신을 개발하기 위해 전례 없는 속도로 내달렸고 백신 개발에

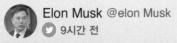

Elon Musk @elon Musk
9시간 전

일론 머스크의 유명 인사 지위를 보여 준 진정한 지표는 2021년 5월 8일 〈새터데이 나이트 라이브〉에 출연한 일이었다. '화성에 간 채드' 편에서는 마이키 데이Mikey Day, 크리스 레드Chris Redd, 멜리사 빌라세뇨르Melissa Villasenor(머스크를 제외하고 왼쪽부터 오른쪽으로)와 함께 등장했다.

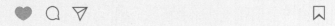

성공했다. 문화적으로 이 질병의 위협 수준이 어느 정도인지 의견 충돌이 있었고, 이 질병을 다뤄야 할 올바른 방법은 물론 선택된 대응이 균형 잡힌 방법인지 격렬한 토론이 일어났다.

2020년 9월 일론 머스크는 조 로건Joe Rogan의 팟캐스트에 출연했다. 이 두 남자의 만남은 자연스럽게 높은 기대를 끌었다. 인터뷰는 확실히 기대를 충족시켰다. 머스크의 성격, 인생, 일에 대한 관점이 재미있게 펼쳐졌고 이따금 강렬한 통찰을 주기도 했다.

로건이 코로나19 봉쇄 정책에 관한 의견을 묻자 머스크가 흥미로운 답을 했다(팬데믹이 정점에 달했던 시기였다).

저는 집에 있고 싶어 하는 사람은 집에 머물러야 하고, 밖에 나가고 싶어 하는 사람은 강제로 집에 있게 해서는 안 된다고 생각합니다. 이게 제 의견이에요. [중략] 그냥 수표 같은 걸 모두에게 보내면 다 괜찮아질 거라는 생각은 당연히 사실이 아닙니다. 경제가 무슨 풍요의 뿔 같은 것이고 그 안에서 물건이 막 생겨난다는 우스꽝스러운 관점을 지니고 있는 사람이 있어요. 풍요의 뿔이 있고 제품과 서비스가 이 풍요의 뿔에서 저절로 나온다고 하면서 어떤 사람이 다른 사람보다 많이 가져가면 이렇게 말하죠. "저 사람들이 풍요의 뿔에서 나보다 많이 가져갔어." 저 밖에 있는 바보들에게 제가 알려 줄게요. 물건을 만들지 않으면 물건은 없어요. [중략] 우리는 현실과 분리되어 버렸어요. 이런 문제는 법으로 돈을 찍어 내서 해결할 수 없어요. 물건을 만들지 않으면 물건은 없어요.

이 대화에서 우리는 두 가지가 연결됐지만 독립되기도 한 결론을 뽑아낼 수 있다. 첫 번째는 봉쇄령에 대한 머스크의 관점이 이미 타오르고 있던 불에 기름을 더 끼얹었다는 점이다. 머스크는 코로나19에 관한 그의 입장 때문에 이미 심각한 논쟁을 벌이고 있었다. 예를 들어 2021년 3월 13일에 〈포브스〉지는 '일론 머스크의 잘못된 코로나 예측: 타임라인'이라는 의미심장한 제목의 기사를 발행했다. 제시된 사례 중에는 머스크가 트위터에 '코로나바이러스에 대한 공포는 바보 같다'(2020년 3월 6일)라고 올린 내용과 2020년 4월이 되면 '신규 확진자가 0명이 된다'고 예측한 내용, '테슬라는 앨러미다 카운티 규칙을 어기며 오늘부터 생산을 다시 시작할 것이다. 나도 다른 사람과 함께 공장에 나갈 것이다. 누군가가 체포된다면 나만 데려가

길 바란다'라는 선언(2020년 5월 11일), 백신의 안전성에 대해 의문을 품은 것 등이 있었다.

머스크는 기본적으로 현실주의자이고, 그 어떤 희망적인 생각으로도 생산과 소비에 대한 엄연한 사실, 사회가 번창하고 성장하는 데 생산과 소비가 얼마나 필수적인지 외면할 수 없다. 머스크의 포트폴리오를 살펴보면 그는 우주선, 자동차, 굴착기, 배터리 등 물건을 매우 중요시한다. 이는 위험에 대한 매우 높은 한계점을 지니고 있다. 2021년 4월에 그는 트위터에 이렇게 남겼다.

'확실히 하자면 나는 대체로 백신, 특히 코로나 백신을 지지한다. 과학은 명백하다.'

하지만 2021년 12월 〈타임〉지 올해의 인물 기사에서 백신을 맞지 않겠다는 사람에 대한 생각을 말하면서 논의를 확장했다.

'여러분이 위험을 지고 가는 건 맞지만, 사람들은 늘 위험한 일을 하죠. 저는 미국에서 자유가 사라지는 걸 조심해야 한다고 생각해요.'

머스크에게 건강한 사회에서 무엇보다 중요한 점은 어

떤 사람이 목표를 추구할 사회 및 정치적 자유였다. 머스크는 잠재적으로 범위를 넓혀 가고 있는, 자유를 제한할지 모르는 정당성을 경계한다.

머스크는 텔레비전 프로그램에 출연해서 자신에게 아스퍼거 증후군이 있다는 사실을 밝혔다. 우리가 그의 삶과 일에 관해 평가할 때 이러한 건강 상태(더 정확히 말하면 자폐 스펙트럼 장애)는 그의 정신이 작동하는 방식뿐 아니라 위대함을 달성하기 위해 머스크가 했던 협상 측면에서 어느 정도 고려되어야 한다. 이 전기에서 우리는 논리, 위험, 야망을 따라다니면서 그것의 목적지가 어디든 지식을 습득하고 목표를 달성하기 위해 노력하는 사람을 반복해서 만났다. 현재로서는 미래에 일어날 중요한 일들은 일론 머스크의 업적과 어떻게 해서든 연결할 수 있을 것이다.

참고 문헌

아르스 직원 (2018년 6월 25일).
'첫 번째는 우주, 다음은 자동차-이제 일론 머스크는 조용히 교육을 손보고 있다.'
아르스 테크니카 웹사이트(Arstechnica.com):
https://arstechnica.com/science/2018/06/first-space-then-auto-now-elon-musk-
quietlytinkers-with-education/?amp=1&__twitter_impression=true

몰리 볼Molly Ball, 제프리 클루거Jeffrey Kluger, 알레한드로 델라 가르자Alejandro de la
Garza (2019년 12월 13일).
'〈타임〉지 2021년 올해의 인물: 일론 머스크'.
타임 웹사이트(Time.com) :
https://time.com/person-of-the-year-2021-elon-musk/

에릭 베르거Eric Berger (2019년 1월 12일).
'스페이스 엑스가 더 날렵한 회사가 되기 위해 직원 10퍼센트를 해고한다.'
아르스 테크니카 웹사이트(Arstechnica.com) :
https://arstechnica.com/science/2019/01/spacex-cutting-10-percent-of-its-staff-
tobecome-a-leaner-company/

주디 브라이언Judy Bryan (1998년 4월 7일).
'시티서치, Zip2와 힘을 합치다.'
와이어드 웹사이트(Wired.com) :
https://www.wired.com/1998/04/citysearch-zip2-join-forces/

제이 카보즈Jay Caboz (2015년 7월 2일).
'억만장자를 키우는 방법: 일론 머스크의 아버지 에롤 머스크와 나눈 인터뷰.'
포브스 웹사이트(Forbes.com):

https://www.forbes.com/sites/kerryadolan/2015/07/02/how-to-raise-a-billionairean-interview-with-elon-musks-father-errol-musk/?sh=362f2ad57483

케이티 페렌바허Katie Fehrenbacher (2019년 6월 11일).
'테슬라의 창립자 에버하드가 테슬라와 일론 머스크에 소송을 제기하다.'
기가옴 웹사이트(Gigaom.com)-온라인에 더는 게시되지 않음.

제프 파우스트Jeff Foust (2005년 11월 14일).
'스페이스 엑스의 큰 계획'.
더 스페이스 리뷰The Space Review :
https://www.thespacereview.com/article/497/1

데이비드 겔레스David Gelles 등 (2018년 8월 16일).
'일론 머스크가 테슬라의 혼란에 대한 〈극심한〉 개인적 비용에 대해 자세히 설명하다.'
뉴욕타임스 웹사이트(NYTimes.com) :
https://www.nytimes.com/2018/08/16/business/elon-musk-interviewtesla.html

칼리 홀먼Carly Hallman (2022년 4월 19일에 조회).
'당신의 최고 버전이 되기 위해 조심해야 할 50가지 인지적 편견'
타이틀맥스 웹사이트(Titlemax.com):
https://www.titlemax.com/discovery-center/lifestyle/50-cognitive-biases-to-be-aware-of-so-you-can-be-the-very-bestversion-of-you/

톰 할스Tom Hals (2022년 1월 18일).
'테슬라 투자자들은 법원에 솔라시티 인수에 대해 머스크가 130억 달러를 배상할 것을 청구했다.'
로이터 웹사이트(Reuters.com):
https://www.reuters.com/business/telsa-investors-urge-judge-order-musk-repay-

13-blnsolarcity-deal-2022-01-18/

스티브 한리Steve Hanley (2016년 7월 9일).
'테슬라는 자동차 1대당 광고비를 단돈 6달러밖에 안 쓴다.'
테슬라라티 웹사이트(Teslarati.com):
https://www.teslarati.com/tesla-spends-just-6-percar-advertising/

팀 히긴스Tim Higgins (2021년).
『파워 플레이: 일론 머스크, 테슬라, 그리고 세기의 베팅Power Play: Elon Musk, Tesla and the Bet of the Century』. 런던. 펭귄 랜덤 하우스.

칼 호프먼Carl Hoffman (2007년 5월 22일).
'일론 머스크가 자신의 재산을 지구의 궤도를 벗어난 임무에 베팅한다.'
와이어드 웹사이트(Wired.com):
https://www.wired.com/2007/05/ff-space-musk/?currentPage=all

피터 홀리Peter Holley (2018년 6월 27일).
'일론 머스크가 화염 방사기를 좋아하는 똑똑한 아이들을 위한 비밀스러운 〈실험 학교〉를 만들었다.'
워싱턴 포스트 웹사이트(Washingtonpost.com):
https://www.washingtonpost.com/technology/2018/06/27/elon-musk-created-secretive-laboratoryschool-brilliant-kids-who-love-flamethrowers/

다나 헐Dana Hull (2021년 6월 23일).
'테슬라의 태양열 제품 출시는 실패작이자 일론의 집착이다.'
블룸버그 웹사이트(Bloomberg.com):
https://www.bloomberg.com/news/articles/2021-06-23/tesla-s-solar-roof-rolloutis-a-bust-and-a-fixation-for-elon-musk

마이클 카넬로스Michael Kanellos (2006년 7월 20일).
'전기 스포츠 자동차가 강력한 펀치를 날렸지만, 과연 팔릴까?
씨넷 웹사이트(Cnet.com):
https://www.cnet.com/roadshow/news/electric-sports-car-packs-a-punch-but-
will-it-sell/

로빈 키츠Robin Keats (2013년).
'로켓 맨.'
퀸즈 졸업생 후기:
https://www.queensu.ca/gazette/alumnireview/stories/rocket-man

캐시 킬리Kathy Kiely (2012년 5월 22일).
'스페이스 엑스가 정치적으로도, 문자 그대로도 솟아올랐다.'
선라이트 재단 웹사이트(Sunlightfoundation.com):
https://sunlightfoundation.com/2012/05/22/spacex-blasts-literally-and-politically/

와튼의 지식 직원 (2009년 5월 13일).
'태양과 우주를 동력화하다: 하늘 높이 치솟은 일론 머스크의 비전.'
와튼의 지식
https://knowledge.wharton.upenn.edu/article/harnessing-the-sunand-outer-
space-elon-musks-sky-high-vision/

마틴 라모니카Martin LaMonica (2009년 9월 21일).
'테슬라 모터스 창립자들: 이제 5명이 됐다.'
씨넷 웹사이트(Cnet.com):
https://www.cnet.com/culture/teslamotors-founders-now-there-are-five/

존 마코프John Markoff (2015년 12월 13일).

'실리콘 밸리의 투자자들이 인공 지능 센터에 재정 지원을 한다.'
시애틀 타임스 웹사이트(Seattletimes.com):
https://www.seattletimes.com/business/technology/silicon-valley-investorsto-bankroll-artificial-intelligence-center/

애리언 마셜Aarian Marshall (2017년 12월 14일).
'일론 머스크가 대중교통에 대해 불편한 반감을 드러냈다.'
와이어드 웹사이트(Wired.com):
https://www.wired.com/story/elon-musk-awkward-dislike-mass-transit/

마크 마투섹Mark Matousek (2018년 2월 7일).
'테슬라가 광고에 10센트도 들이지 않고 세계 최고의 자동차 광고를 만들었다.'
비즈니스 인사이더 웹사이트(Businessinsider.com):
https://www.businessinsider.com/tesla-made-the-worlds-bestcar-commercial-without-spending-money-2018-2?r=US&IR=T

저스틴 머스크Justine Musk (2010년 9월 10일).
'"저는 스타트업 창업자의 아내였습니다": 미국에서 가장 지저분했던 이혼 들여다보기.'
마리끌레르 웹사이트(Marieclaire.com):
https://www.marieclaire.com/sex-love/a5380/millionaire-starter-wife/

메이 머스크Maye Musk (2019년).
『여자는 계획을 세운다: 인생의 모험, 아름다움, 성공에 관하여』. 뉴욕, 펭귄.

에린 레이드Erin Reid (2015년 4월 28일).
'사람들이 주 80시간 일하는 척하는 이유'.
하버드 비즈니스 리뷰 웹사이트(Hbr.org):
https://hbr.org/2015/04/why-some-men-pretendto-work-80-hour-weeks

그레그 루멜리오티스Greg Roumeliotis, 우데이 삼파스 쿠마Uday Sampath Kumar, 채비 메타Chavi Mehta (2022년 4월 15일).
'머스크가 〈표현의 자유를 위한 무대〉를 세우기 위해 트위터에 430억 달러를 제시했다.'
로이터 웹사이트(Reuters.com):
https://www.reuters.com/technology/elon-musk-offers-buy-twitter-5420-per-share-2022-04-14/

재커리 사한Zachary Sahan (2021년 8월 26일).
'테슬라 모델 3이 판매량 100만 대를 돌파했다.'
클린 테크니카 웹사이트(Cleantechnica.com):
https://cleantechnica.com/2021/08/26/tesla-model-3-has-passed-1-million-sales/

지미 소니Jimmy Soni (2022년).
『창립자들: 일론 머스크, 피터 틸, 그리고 인터넷을 만든 기업』. 런던, 아틀란틱 북스.

스페이스레프SpaceRef (2001년 9월 25일).
'마스나우MarsNow 1.9 프로필: 일론 머스크, 화성 이주 재단Life to Mars Foundation'.
스페이스레프 웹사이트(SpaceRef.com):
http://www.spaceref.com/news/viewsr.html?pid=3698

조나단 스템플Jonathan Stempel (2019년 11월 5일).
'테슬라가 태양 전지판 장치와 화재 사고에 대해 월마트와 합의하다.'
로이터 웹사이트(Reuters.com):
https://www.reuters.com/article/us-walmart-tesla-solar-lawsuit-idUSKBN1XF240

닐 스트라우스Neil Strauss (2017년 11월 15일).
'일론 머스크: 내일의 건축가.'
롤링스톤 웹사이트(Rollingstone.com):

https://www.rollingstone.com/culture/culture-features/elon-musk-the-architect-oftomorrow-120850/

애슐리 반스Ashlee Vance (2015년).
『일론 머스크, 미래의 설계자: 지구상에서 가장 먼저 미래에 도착한 남자』. 런던, 버진.

애슐리 반스Ashlee Vance (2015년 5월 14일).
'일론 머스크의 우주를 향한 꿈이 테슬라를 죽일 뻔하다.'
블룸버그 웹사이트(Bloomberg.com):
https://www.bloomberg.com/graphics/2015-elon-musk-spacex/

마크 웨넥Mark Wnek (2018년 2월 8일).
'광고와 마케팅 다음에는 일론 머스크가 있다.'
광고 시대Ad Age
https://adage.com/article/special-report-super-bowl/advertising-marketing-elon-musk/312307

| 소셜 미디어 |

〈2장〉
스페이스 엑스
https://www.spacex.com/news/2005/12/19/june-2005-december-2005

〈3장〉
스페이스 엑스
https://twitter.com/spacex/status/1473236198722179072?lang=en

일론 머스크

https://twitter.com/elonmusk/status/936782477502246912?lang=en-GB

일론 머스크

https://twitter.com/elonmusk/status/972628124893671432?lang=en

일론 머스크

https://twitter.com/elonmusk/status/1186523464712146944?ref_src=twsrc%5Etfw

〈4장〉

일론 머스크

https://twitter.com/elonmusk/status/1367611973697818628?ref_src=twsrc%5Etfw%7
Ctwcamp%5Etweetembed%7Ctwterm%5E1367835377101381637%7Ctwgr%5E%7Ctw
con%5Es3_&ref_url=https%3A%2F%2Fwww.stuff.co.nz%2Fmotoring%2F124464735%
2Felon-musk-trollsgm-chrysler-on-twitter-ford-ceo-responds-with-one-word

일론 머스크 (2018년 8월 7일).

'테슬라 비공개 기업 전환'

https://www.tesla.com/blog/taking-tesla-private?redirect=no

일론 머스크

https://twitter.com/elonmusk/status/1499976967105433600

일론 머스크

https://twitter.com/elonmusk/status/1047943670350020608

일론 머스크

https://twitter.com/28delayslater/status/1492112762474057729

일론 머스크
https://twitter.com/elonmusk/status/1423156475799683075?lang=en-GB

일론 머스크
https://twitter.com/elonmusk/status/1433474893316722691?lang=en

파라그 아그라왈Parag Agrawal
https://twitter.com/paraga/status/1513354622466867201

일론 머스크
https://twitter.com/elonmusk/status/1511322655609303043

일론 머스크
https://twitter.com/elonmusk/status/1507259709224632344

일론 머스크
https://twitter.com/elonmusk/status/1507907130124222471
일론 머스크
https://twitter.com/elonmusk/status/1511143607385874434

〈5장〉
일론 머스크
https://twitter.com/elonmusk/status/1500613952031444995?ref_src=twsrc%5Etfw
%7Ctwcamp%5Etweetembed%7Ctwterm%5E1500613952031444995%7Ctwgr%5E
%7Ctwcon%5Es1_&ref_url=https%3A%2F%2Fwww.businessinsider.com%2Felon-
musknuclear-energy-europe-russia-oil-gas-supply-crunch-2022-3

일론 머스크

https://twitter.com/elonmusk/status/810108760010043392

⟨6장⟩
일론 머스크

https://www.reddit.com/r/IAmA/comments/2rgsan/i_am_elon_musk_ceocto_of_a_
rocket_company_ama/

짐 캔트렐Jim Cantrell

https://www.quora.com/profile/Jim-Cantrell

일론 머스크

https://twitter.com/elonmusk/status/1324736076800577537?ref_src=twsrc%5Etfw

⟨결론⟩
일론 머스크

https://twitter.com/elonmusk/status/1379887294933467139?lang=en

| 영상 |

⟨1장⟩
조 로건Joe Rogan 경험 #1169-일론 머스크

https://www.youtube.com/watch?v=ycPr5-27vSI&t=599s

일론 머스크가 자신의 유년기에 관해 이야기하다

https://www.youtube.com/watch?v=0nwbRT3Knv8